Der Lügendetektor

Edgar Wallace

Impressum

Autor: Edgar Wallace
Übersetzung: Hans Herdegen
Umschlagkonzept: toepferschumann, Berlin

Verlag: tredition GmbH, Hamburg
ISBN: 978-3-8472-3691-7
Printed in Germany

Tucholsky Wagner Zola Scott Sydow Freud Schlegel
Turgenev Wallace Fonatne

Twain Walther von der Vogelweide Fouqué Friedrich II. von Preußen
Weber Freiligrath Frey

Fechner Weiße Rose von Fallersleben Kant Ernst Frommel
Fichte Richthofen

Fehrs Engels Fielding Hölderlin
Faber Flaubert Eichendorff Tacitus Dumas

Feuerbach Maximilian I. von Habsburg Fock Eliasberg Zweig Ebner Eschenbach
Ewald Eliot Vergil

Goethe Elisabeth von Österreich London
Mendelssohn Balzac Shakespeare Dostojewski Ganghofer
Trackl Lichtenberg Rathenau Doyle Gjellerup
Stevenson Hambruch
Mommsen Tolstoi Lenz Droste-Hülshoff
Thoma Hanrieder

Dach Verne von Arnim Hägele Hauff Humboldt
Reuter Hagen Hauptmann
Karrillon Garschin Rousseau Gautier
Damaschke Defoe Hebbel Baudelaire
Descartes Hegel Kussmaul Herder

Wolfram von Eschenbach Dickens Schopenhauer
Bronner Darwin Melville Grimm Jerome Rilke George
Campe Horváth Aristoteles Bebel Proust
Bismarck Vigny Barlach Voltaire Federer Herodot
Gengenbach Heine

Storm Casanova Tersteegen Grillparzer Georgy
Chamberlain Lessing Langbein Gilm Gryphius
Brentano Lafontaine
Strachwitz Claudius Schiller Kralik Iffland Sokrates
Katharina II. von Rußland Bellamy Schilling
Gerstäcker Raabe Gibbon Tschechow

Löns Hesse Hoffmann Gogol Wilde Gleim Vulpius
Luther Heym Hofmannsthal Klee Hölty Morgenstern
Roth Heyse Klopstock Kleist Goedicke
Luxemburg Puschkin Homer Mörike
La Roche Horaz Musil
Machiavelli Kierkegaard Kraft Kraus
Navarra Aurel Musset Moltke
Nestroy Marie de France Lamprecht Kind Kirchhoff Hugo

Laotse Ipsen Liebknecht
Nietzsche Nansen
Marx Lassalle Gorki Klett Leibniz Ringelnatz
von Ossietzky May vom Stein Lawrence Irving

Petalozzi Knigge
Platon Kock Kafka
Sachs Poe Pückler Michelangelo
Liebermann Korolenko
de Sade Praetorius Mistral Zetkin

Der Verlag tredition aus Hamburg veröffentlicht in der Reihe **TREDITION CLASSICS** Werke aus mehr als zwei Jahrtausenden. Diese waren zu einem Großteil vergriffen oder nur noch antiquarisch erhältlich.

Symbolfigur für **TREDITION CLASSICS** ist Johannes Gutenberg (1400 — 1468), der Erfinder des Buchdrucks mit Metalllettern und der Druckerpresse.

Mit der Buchreihe **TREDITION CLASSICS** verfolgt tredition das Ziel, tausende Klassiker der Weltliteratur verschiedener Sprachen wieder als gedruckte Bücher aufzulegen – und das weltweit!

Die Buchreihe dient zur Bewahrung der Literatur und Förderung der Kultur. Sie trägt so dazu bei, dass viele tausend Werke nicht in Vergessenheit geraten.

Text der Originalausgabe

Edgar Wallace

Der Lügendetektor

Titel des englischen Originals:
The Man who Passed.

Ins Deutsche übertragen von
Hans Herdegen.

Kriminal-Roman

1

Bei den Leuten im Dorf war Mr. Mannering allgemein als ›Der Captain‹ bekannt. Er lebte in Woodern Green, das im äußersten südlichen Winkel von Buckingham liegt, und wahrscheinlich nannten ihn die Leute so wegen seines soldatischen Aussehens und seines schroffen Wesens.

Er wohnte in Hexleigh Manor, einem kleinen Haus, das in einem großen Park stand, und man erzählte sich, daß er nicht allzuviel Geld besäße. Das Gebäude befand sich in schlechtem Zustand, als er es übernahm, und er zahlte auch nur einen lächerlich kleinen Betrag als Miete. Interessenten, die vor ihm in das Haus hatten einziehen wollen, verlangten meist die Vornahme umfangreicher Reparaturen, und so war früher nie ein Mietvertrag zustande gekommen.

Der Captain hatte nicht darauf bestanden, sondern die notwendigsten Arbeiten selbst ausführen lassen. Er vergab jedoch keinen Auftrag an ortsansässige Handwerker.

Er beschäftigte drei Angestellte; zwei davon wohnten im Haus selbst, der dritte in einem kleinen Portierhaus, das ebenfalls auf dem Grundstück stand. Die drei hatten harte Gesichter und ließen sich nie im Dorf sehen. Man hielt sie alle für alte Soldaten, die während des Krieges unter dem Captain gedient hatten.

Lebensmittel wurden regelmäßig von den Dorfbewohnern im Portierhaus abgeliefert; es wurde niemand gestattet, zum Hauptgebäude zu kommen. Die Rechnungen ließ der Captain am Ende jeder Woche pünktlich durch Schecks auf eine Londoner Bank bezahlen.

Captain Mannering erhielt keine Post mit Ausnahme von Drucksachen und Rundschreiben. Er hatte offenbar weder Freunde noch nähere Bekannte.

Nachdem er ein Jahr lang still und zurückgezogen gelebt hatte, trat plötzlich eine Veränderung ein. Lastwagen mit teuren Möbeln kamen von London. Der wortkarge Mann am Eingang des Parks stellte drei Gärtner an, und ein Malermeister erhielt den Auftrag, das Haupthaus auszubessern und das Innere zu renovieren.

Mr. Reeder, der als Detektiv bei der Staatsanwaltschaft tätig war, wurde mit Hexleigh Manor auf eine ganz besondere Art bekannt. Alle Welt wußte, daß sein Hobby die Hühnerzucht war; er besaß eine Farm in Kent, wo er seltene und schöne Rassen zog. Auch Captain Mannering legte um diese Zeit einen Hühnerhof an, und der Mann, den er damit beauftragte, wandte sich an Mr. Reeder, der ihn als Sachverständiger beraten sollte.

Captain Mannering war nicht zu Hause, als Mr. Reeder hinkam. Fast jeden Tag fuhr der Captain in seinem Wagen zur Hauptstadt. Mr. Reeder konnte also nur mit dem Mann sprechen, der die Hühnerfarm errichten sollte.

Nachdem die Angelegenheit zur Zufriedenheit beider abgeschlossen worden war, kletterte Mr. Reeder wieder in seinen Wagen und fuhr nach Hause. Der Weg hatte sich für ihn kaum gelohnt, aber daraus machte er sich nichts. Viel wichtiger war es für ihn, daß er einige seiner selbstgezogenen Tiere untergebracht hatte.

Er kam auch an dem Portierhaus in der Nähe des Parktors vorbei. Vor der Tür saß der Angestellte, der dort wohnte, und rauchte seine Pfeife. Er schaute nicht auf, aber Mr. Reeder erkannte ihn sofort.

»Da hört sich doch verschiedenes auf«, murmelte der Detektiv erstaunt, denn er kannte den Mann von früher her ganz genau.

Mr. Reeders Erinnerungsvermögen war berühmt. Damit und mit seiner unaufhörlichen Neugier fiel er manchen Leuten auf die Nerven.

In Scotland Yard erzählte man sich ein wenig neidisch, daß er außerordentlich viel Glück hätte. Man wußte von einer ganzen Anzahl von Fällen, bei denen ihm – wenigstens auf den ersten Blick hin – ein günstiger Zufall die Lösung erleichtert hatte.

Mr. Reeder war allerdings gegenteiliger Ansicht; er schrieb seine Erfolge nur seiner eigenen Tüchtigkeit zu.

*

Bei Gelegenheit, als er gerade einmal nicht soviel zu tun hatte, fuhr er wieder nach Wooden Green und stellte dort einige Nachforschungen an. Nicht, weil er glaubte, daß er davon im Moment irgendeinen Vorteil haben könnte – er wollte ganz einfach seine Neugierde befriedigen.

Es war bei ihm geradezu zur Gewohnheit geworden, Erkundigungen einzuziehen und scheinbar ganz unwichtige Nachrichten zusammenzutragen. Tatsachen sammelte er, wie etwa ein Mechaniker oder Bastler Schrauben und Ersatzteile sammelt – nicht, weil er sie im Augenblick benötigt, sondern weil er sie vielleicht irgendwann einmal brauchen kann.

Sein Vorgesetzter, dem er von seiner Entdeckung berichtet hatte, fragte ihn, was er erreicht hätte, und Mr. Reeder seufzte.

»Ich sehe eben überall nur das Schlechte, selbst bei ganz harmlosen Dingen. Wahrscheinlich kommt das daher, daß ich selbst einen schlechten Charakter habe – mit anderen Worten, den Charakter eines Verbrechers! Wenn ich mutig genug wäre – was Gott sei Dank nicht der Fall ist –, käme ich sicher selbst, auf die schiefe Ebene und geriete mit dem Gesetz in Konflikt.«

Der Vorgesetzte grinste verständnisvoll.

»Schon gut, Mr. Reeder – ich weiß Bescheid! Damit Sie auf andere Gedanken kommen, möchte ich Sie bitten, morgen Sir Wilfred Hainhall aufzusuchen. Hoffentlich sagt Ihnen Ihr Verbrecherinstinkt, wie Sie ihm am besten helfen können.«

Auf diese Weise lernte Mr. Reeder einen einflußreichen Bankkaufmann kennen, der in siebzehn Bankkonsortien zum Aufsichtsrat gehörte und im Präsidium von acht anderen Geldinstituten den Vorsitz führte. Sir Wilfred war über alles genauestens informiert, was sich im Geschäftsleben ereignete. Die Bilanzen einer ganzen Reihe von Firmen kannte er auswendig, und über die Situation des Welthandels war er so gut unterrichtet wie der Wirtschaftsminister selbst. Trotz allen geschäftlichen Spürsinns besaß er aber leider eines nicht – Menschenkenntnis.

Mr. Reeder suchte ihn im Auftrag der Staatsanwaltschaft auf, weil einer seiner Angestellten eine Unterschlagung begangen hatte. Im Anschluß an seine Ermittlungen erklärte Mr. Reeder, daß die Geschäftsmethoden ziemlich veraltet seien.

»Wenn ich mir die Bemerkung gestatten darf, dann läßt ihr Kontrollsystem – hm – viel zu wünschen übrig.«

»Aber das stimmt doch gar nicht«, entgegnete Sir Wilfred entrüstet. »Wollen Sie mir etwa erzählen, wie man ein Geschäft führen muß? Ich glaube nicht, daß Sie der Staatsanwalt zu mir geschickt hat, damit Sie mir einen Vortrag über Buchführung halten!«

Er sagte noch mehr, aber Mr. Reeder konnte nicht viel erwidern, da ihn Sir Wilfred Hainhall kaum zu Wort kommen ließ. Die Unterredung fand ein ziemlich plötzliches Ende, da sich der Detektiv schließlich einfach umdrehte und das Haus verließ.

Am späten Nachmittag schlenderte Mr. Reeder durch Whitehall. Unterwegs sah er einen Mann, mit dem er sich gern etwas unterhalten hätte, der aber eilig weiterging. Es blieb Mr. Reeder nichts anderes übrig, als hinter dem Betreffenden herzulaufen und ihn am Ärmel zu zupfen.

»Was tun Sie denn in der Stadt, Mr. Higson?«

Der gutaussehende Mann, der etwa vierzig Jahre alt sein mochte, schaute Mr. Reeder wenig liebenswürdig an, zwang sich dann aber doch zu einem Lächeln.

»Hallo, Reeder ...«

»Mr. Reeder, wenn ich bitten darf. Nun, was führen Sie im Schild? Versuchen Sie wieder, Falschgeld unter die Leute zu bringen – oder handelt es sich diesmal nur um einfachen Diebstahl?«

Higson war gut gekleidet, denn es gehörte nun einmal zu seinem Beruf, elegant und vornehm aufzutreten. Er nahm aus seinem goldenen Etui eine Zigarette und steckte sie an.

»Ich werde es Ihnen sagen«, erwiderte er dann. Seine Stimme klang weder respektvoll noch unterwürfig. »Als Sie mich seinerzeit durch Ihre verdammten Aussagen ins Gefängnis brachten, hatte ich ein schönes Stück Geld beiseite gelegt. Da bricht Ihnen wohl das Herz, wenn Sie das hören, Sie alter Spürhund, wie? Es waren fünfzehntausend Pfund! Inzwischen habe ich meine Strafe abgesessen, und an das Geld können Sie nicht heran. Ich lasse mir jetzt nichts mehr zuschulden kommen – das kann ich mir leisten. Wenn ich nicht so gut gestellt wäre, würde ich ohne weiteres wieder falsche

Fünfpfundnoten vertreiben und bestimmt auch ganz anständig von dem Verdienst leben. Nur würde ich mich diesmal nicht mehr von Ihnen erwischen lassen, Sie gerissener Fuchs!«

Mr. Reeder klopfte ihm mit dem Griff seines Schirms so unsanft auf die Schultern, daß Hymie Higson einen Schmerzenslaut ausstieß.

»Werden Sie nicht unverschämt«, sagte Mr. Reeder freundlich, »sonst lernen Sie mich noch von einer anderen Seite kennen.«

Hymie erinnerte sich plötzlich daran, daß Mr. Reeder recht grob zupacken konnte. Er sah den Detektiv scheu von der Seite an und rieb sich die schmerzende Stelle; dann drehte er sich um und machte, daß er fortkam.

»Sehr seltsam«, murmelte Mr. Reeder nachdenklich vor sich hin.

Aber diese Begegnung war noch lange nicht so sonderbar, wie die Geschichte mit seinem Dienstmädchen.

Lizzie Panton sah unscheinbar aus und fiel auch sonst so wenig auf, daß niemand sich weder für sie noch für ihre Verwandten besonders interessierte. Sie war hager, hatte ein längliches, schmales Gesicht, blasse Hautfarbe und dünne Beine wie Besenstiele.

Das Arbeitszimmer Mr. Reeders staubte sie immer sehr sorgfältig ab, zerbrach nichts Wertvolles und machte vor allem niemals den Versuch seinen Schreibtisch aufzuräumen. Ihre Arbeit verrichtete sie so unauffällig wie nur möglich. In ihren Augen war er ›ein älterer Herr‹, und wenn sie sich über etwas wunderte, dann hauptsächlich darüber, daß er einen so altmodischen steifen Filzhut trug. Als ihr Reeders Haushälterin eines Tages erzählte, daß er ein bekannter Detektiv sei, war sie höchst erstaunt.

»Was, der?« fragte sie ungläubig.

»Sie wollen wohl sagen – Mr. Reeder!« verbesserte die Haushälterin.

»Der soll bei der Polizei sein?«

»Nicht gerade bei der Polizei, obwohl er viel in Scotland Yard zu tun hat. Er ist Regierungsbeamter und mit besonderen Ermittlungsaufgaben betraut.«

»Um Himmels willen!«

Das Dienstmädchen hieß eigentlich Elizabeth, aber da das ein so langer Name war, rief man sie einfach Lizzie. Nachdem sie den Beruf ihres Brotgebers erfahren hatte, dachte sie öfters über Mr. Reeder nach. Wenn sie ihm begegnete, sah sie ihn scheu von der Seite her an; manchmal beobachtete sie ihn auch vom Fenster aus, wenn er abends vom Büro heimkam. Aufregend sah er allerdings nicht aus mit seinem zusammengerollten Regenschirm und dem Klemmer, den er meistens an einer Schnur um den Finger wirbelte.

Lizzie hatte Sorgen. Sie zerbrach sich schon seit einiger Zeit den Kopf über den Bräutigam ihrer Schwester, die sehr hübsch war. Sie hatte eine so herausfordernde Figur und so schöne Beine, daß kein Mann an ihr vorübergehen konnte, ohne sich umzudrehen. Wer die beiden nebeneinander sah, hätte es nicht geglaubt, daß Ena und Lizzie Panton Schwestern waren.

Früher hatte Ena eine Stellung als Stenotypistin gehabt und fünfzig Shilling in der Woche verdient. Dafür hatte sie unzählige Briefe auf der Maschine getippt, Briefe, die für gewöhnlich begannen: »In Erwiderung Ihres werten Schreibens vom ...« Jetzt aber brauchte sie nicht mehr zu arbeiten, lebte zu Hause und hatte sich ihr Zimmer gemütlich möbliert. Seit einiger Zeit war sie sogar zu fein dazu, im Bus zu fahren – sie benützte nur noch Taxis, und verschiedentlich hatte sie ihr Bräutigam in einem supereleganten Wagen nach Hause gebracht. Außerdem trug sie zwei wertvolle Brillantringe und hatte drei schicke Abendkleider. Wie sie beteuerte, führte sie aber trotzdem ein ordentliches Leben. Sie war mit Ernie Molyneux verlobt, einem reichen jungen Mann, der nicht in London wohnte, sondern auf dem Lande. Nur übers Wochenende besuchte er sie in der Stadt oder fuhr mit ihr nach Brighton.

Die Verbindung war auf ganz normale Weise zustande gekommen. Mr. Molyneux war ein etwas bleicher junger Mann von etwa sechsundzwanzig Jahren, wie es viele gab. Sein Kinn zeugte nicht gerade von Willenskraft, aber sonst sah er sehr gut aus. In Ena hatte er sich bis über beide Ohren verliebt, als er sie einmal zufällig im Kino kennenlernte. Er hatte sie dann nach Hause begleitet und später bei ihren Eltern Besuch gemacht, wie es der Anstand erforderte. Sie hatte ihn ins gute Zimmer geführt und dort über das Wetter und die Politik geplaudert, wie es so üblich war. Er hatte freundlich und liebenswürdig Konversation gemacht und gab auch brav Antwort, als Enas Mutter einige der geschickten Fragen stellte, wie sie Mütter zu stellen pflegten, wenn es sich um die Zukunft ihrer Töchter handelt. Dabei hatte er zugegeben, daß er nicht mehr viel in die Kirche ginge, früher aber sehr eifrig im Kirchenchor mitgesungen habe. Das machte einen guten Eindruck, und man nahm ihn in die Familie auf. Einige Zeit darauf starb sein Onkel in Australien und hinterließ ihm ein großes Vermögen. Erst von da ab war Ena zu vornehm, den Bus zu benutzen, und trug glänzende Brillantringe.

Deswegen hätte sich Lizzie Panton aber natürlich noch keine Sorgen gemacht. Sie wurde erst nachdenklich, als sie eines Abends ein vornehmer Herr besuchte. Er kam offensichtlich von einer Gesellschaft, denn er trug einen Smoking. Sein schwarzer Schnurrbart und eine dunkle Brille gaben ihm ganz das Aussehen eines Gentlemans. Es war an einem Samstagabend gegen elf Uhr, als er bei den Pantons in der Friendly Street auftauchte. Die Familie war schon zu Bett gegangen, mit Ausnahme von Lizzie, die sich noch ein paar Strümpfe auswusch. Da sie tagsüber im Haushalt von Mr. Reeder mithalf, fand sie nur wenig Zeit, sich um ihre eigenen Sachen zu kümmern.

Sie öffnete die Haustür, als es klingelte.

»Bitte entschuldigen Sie vielmals, daß ich so spät noch störe«, begann der Fremde, der vor der Tür stand, mit tiefer Stimme. »Ich möchte Sie fragen, ob hier Familie Panton wohnt?«

»Ja«, entgegnete sie erstaunt.

»Habe ich vielleicht das Vergnügen, mit Miss Ena zu sprechen?«

Er trat einen Schritt näher, als Lizzie unwillkürlich einladend die Tür öffnete, und sah sie prüfend an.

»Nein – ich bin Lizzie, Enas Schwester.«

»Ach so!«

Eine Pause.

»Sie sind – Sie sind doch das junge Mädchen, das eine Stellung hat?«

Lizzie war die Frage unangenehm, sie fühlte sich in ihrem Stolz verletzt.

»Ich helfe bei Mr. Reeder im Haushalt aus«, erwiderte sie schnippisch.

Wieder entstand eine längere Pause. Ihre Antwort schien ihn nachdenklich gemacht zu haben.

»Sie haben eine Stellung bei Mr. Reeder? Bei welchem Mr. Reeder, wenn ich fragen darf?«

»Er wohnt in der Brockley Road. Aber was interessiert Sie das eigentlich alles?«

Sie sah, daß er die Stirn runzelte.

»Ach – nur so! Ist Miss Ena zu Hause?«

»Sie ist eben zu Bett gegangen. Kommen Sie vielleicht von Ernie? Ist ihm etwas zugestoßen?«

Er zögerte.

»Nein, zugestoßen ist ihm nichts. Aber ich bin ein Bekannter von Ernie und wollte Miss Ena etwas sagen: Ernie und Ena haben heute abend den Text einer Zeitungsannonce aufgesetzt – ich wollte darauf aufmerksam machen, daß diese Annonce unter keinen Umständen erscheinen darf.«

Ena war an diesem Abend verhältnismäßig früh nach Hause gekommen, und man hatte die Sache mit der Zeitungsanzeige auch in der Familie ausgiebig besprochen. Ursprünglich war es Lizzies Gedanke gewesen, die Verlobung der beiden auf diese Weise bekanntzugeben. »Dadurch werden sie fester aneinander gebunden«, hatte sie mit weiblicher Schläue zu ihrer Mutter gesagt.

Schließlich einigte man sich auf folgenden Wortlaut:

›Mr. Ernest Jake Molyneux aus Overdeen, Birmingham, hat sich mit Miss Ena Panton in Brockley verlobt. Die Hochzeit wird in Kürze stattfinden.‹

Die Wohnung der Pantons in der Friendly Street lag in Deptford, aber Ena hielt Brockley für vornehmer.

»Haben Sie die Anzeige schon aufgegeben?«

»Nein, noch nicht«, erwiderte Lizzie, die immer weniger wußte, was sie von dem seltsamen Gast halten sollte. Aber warten Sie doch bitte einen Augenblick, ich werde Ena rufen. Wollen Sie nicht hereinkommen?«

Er dankte ihr höflich und blieb im Flur stehen.

Kurz darauf kam Ena, die sich schnell einen Morgenrock übergeworfen hatte, herunter. Sie war ein wenig verstört und verärgert, denn schon Ernie hatte wegen der Verlobungsanzeige alle möglichen Ausflüchte gemacht.

»Wer sind Sie denn eigentlich?« erkundigte sie sich nicht gerade sehr freundlich.

»Ich bin Ernies Vormund«, erklärte der Fremde.

Lizzie sah deutlich, daß er seiner Ungeduld nur mühsam Herr wurde.

»Meiner Meinung nach ist die Ankündigung Ihrer Verlobung in der Zeitung durchaus nicht notwendig«, fuhr er mit gepreßter Stimme fort. »Wahrscheinlich wissen Sie nicht, daß dadurch Ernies gutes Verhältnis zu einem seiner Onkel getrübt werden könnte. Der alte Herr, der sehr reich ist und Ernie zum Erben eingesetzt hat, wünscht nämlich nicht, daß sich sein Neffe schon verheiratet.«

Das machte Eindruck auf Ena. Ihr Bräutigam hatte zwar noch nie etwas von diesem Verwandten erwähnt, aber ein Onkel, von dem man etwas erben kann, ist schließlich immer eine große Annehmlichkeit.

»Nun ja, wenn es sich so verhält, dann zerreiße ich die Annonce eben«, entgegnete sie zögernd. »Eigentlich wollte ich sie morgen früh gleich an die Zeitung schicken, aber wenn Sie wirklich glauben, daß ich es besser nicht tun soll ...«

»Würden Sie so liebenswürdig sein und mir das Blatt geben, auf das Ernest den Text geschrieben hat?«

Sie hatte es in ihrem Zimmer, stieg die Treppe hinauf und brachte es herunter.

Der Fremde bedankte sich höflich, entschuldigte sich nochmals und ging dann.

Lizzie sah ihm durch das Fester nach, wie er auf der Straße in ein Taxi stieg, das dort offensichtlich auf ihn gewartet hatte.

»Merkwürdig«, sagte sie kopfschüttelnd.

»Da hast du recht«, stimmte ihre Schwester zu. »Au!«

Sie stieß einen Schrei aus und sprang zur Seite.

»Was hast du denn?«

»Ich glaube, ich bin gerade auf eine Maus oder so etwas Ähnliches getreten!« rief Ena bestürzt. Sie hatte keine Pantoffeln an.

»Rede doch keinen Unsinn! Haben wir jemals Mäuse im Haus gehabt? Warte, ich werde nachsehen.«

Lizzie suchte neugierig den Boden ab und entdeckte, daß neben der Tür tatsächlich etwas Dunkles, Weiches lag. Sie bückte sich und hob es mit spitzen Fingern auf.

»Um Himmels willen, schau mal her – ein schwarzer Schnurrbart! Den hat dieser Mensch getragen! Es kam mir gleich so vor, als ob er etwas verloren hätte, als er sich beim Abschied verbeugte.«

Die beiden jungen Mädchen schauten sich erstaunt an und wußten nicht, was sie davon halten sollten.

»Äußerst merkwürdig«, meinte Lizzie gähnend und schüttelte den Kopf.

Ena ließ sich nicht so schnell beruhigen. Sie setzte sich sofort hin und schrieb einen Brief an ihren Bräutigam, in dem sie ihn dringend um Aufklärung bat.

Sie hatte ihm schon häufig geschrieben, aber fast niemals eine Antwort darauf erhalten; er hatte ihr einmal lachend erklärt, daß er kein großer Briefschreiber sei und sich lieber persönlich mit ihr unterhielte. Sie konnte sich nur an eine Ausnahme erinnern, als er ihr unter der Woche eine Nachricht aus Birmingham schickte. Ihre eigenen Briefe richtete sie immer an eine Adresse in der Nähe von Haymarket in London. Sie hatte ihn dort, in seiner Stadtwohnung, noch nie besucht, gelegentlich eines Spazierganges aber festgestellt, daß es sich um ein großes Mietshaus mit vielen Einzelwohnungen handelte.

Nach diesem sonderbaren Ereignis erhielt Ena noch in der gleichen Woche einen Brief von Ernie, in dem er ihr mitteilte, es wäre alles ein großes Mißverständnis, und obwohl er sie über alles liebe, wäre es doch besser für sie und für ihn, wenn sie sich trennten. Er gab ihr keine triftigen Gründe für diesen plötzlichen Entschluß an, sondern bat sie nur, sie möchte alle Geschenke behalten, die er ihr gemacht hatte.

Ena weinte lange über ihr Pech. Schließlich raffte sie sich auf und ging zu dem Haus in der Nähe von Haymarket; dort erfuhr sie aber nur, daß Mr. Molyneux seine Wohnung aufgegeben hatte. Der Portier konnte ihr nicht sagen, wohin er gezogen war.

Ena und ihre Schwester waren fassungslos – aber die ganze Sache sollte noch verwickelter und geheimnisvoller werden.

Ena erhielt einen weiteren Brief, der offensichtlich in größter Eile geschrieben worden war. Ernie versicherte darin, daß er sie immer noch über alles liebe.

Der Brief war auf dem Hauptpostamt in Birmingham aufgegeben worden, aber Ernie gab keine Adresse an, unter der sie ihn erreichen konnte. Am merkwürdigsten war die Tatsache, daß er auf Papierbogen geschrieben hatte, deren rechte untere Ecke abgetrennt worden war:

›Ich liebe Dich über alles ... Ich denke dauernd an Dich – Du allein könntest mich vor diesem furchtbaren Menschen retten, der mir keine Ruhe läßt. Wenn ich Dich doch nur ein einziges Mal sehen und Dir alles erklären könnte – aber er läßt mich ja keine Sekunde aus den Augen! Ständig steht er hinter mir, und dauernd redet er von Petroleum, Petroleum und immer wieder Petroleum ... Manchmal wache ich mitten in der Nacht auf und sage mir, daß es gar nicht wahr ist. Die Zeit vergeht und schreckliche Gedanken quälen mich! –‹

»Was soll denn das alles heißen? Ich verstehe kein Wort davon«, sagte Ena und schluchzte dabei leise vor sich hin.

»Eines scheint mir immerhin festzustehen – nämlich, daß er dich liebt«, erwiderte ihre Schwester.

»Sicher, daran habe ich auch nie gezweifelt«, entgegnete Ena traurig.

Dieser Brief war das letzte Lebenszeichen von Ernie gewesen. Er ließ daraufhin nichts mehr von sich hören.

Lizzie, die voll Kummer beobachtete, wie niedergeschlagen ihre Schwester war, sagte sich eines Tages, daß es so nicht weitergehen könne. Sie nahm allen Mut zusammen und brachte Brief und Schnurrbart zu Mr. Reeder.

Natürlich wartete sie eine günstige Gelegenheit ab, die sich noch am gleichen Abend bot. Mr. Reeder saß in seinem Lehnsessel vor dem Kamin und döste vor sich hin – schöpferische Pause nannte er so etwas.

»Ich bitte vielmals um Entschuldigung, daß ich störe«, begann sie verlegen. »Dürfte ich Sie etwas fragen?«

Mr. Reeder blinzelte sie schläfrig an.

»Was gibt's denn, liebes Kind?« murmelte er freundlich, als er sah, daß Lizzie vor ihm stand.

»Es handelt sich um meine Schwester«, erklärte Lizzie verlegen. Er richtete sich auf, streckte sich, ging zum Schreibtisch und suchte seinen Klemmer.

»Na, und was ist mit Ihrer Schwester?«

Er hatte Menschenkenntnis genug, um zu sehen, daß es sich um eine für Lizzie äußerst wichtige Sache handelte – wenn sie auch an und für sich vielleicht geringfügig sein mochte. Sicher handelte es sich um eine der vielen kleinen Tragödien, wie sie sich im Alltagsleben so oft ereignen.

»Der Bräutigam meiner Schwester hat sich so sonderbar benommen«, erwiderte Lizzie und erzählte dann, was geschehen war. Aber erst zum Schluß berichtete sie von dem falschen Schnurrbart, der auf sie den größten Eindruck gemacht hatte.

Mr. Reeder hörte genau zu und prägte sich jede Einzelheit ein. Als Lizzie geendet hatte, wäre er durchaus in der Lage gewesen, die ganze Geschichte von Enas unglücklicher Liebe zu erzählen – und zwar viel zusammenhängender und besser als Lizzie selbst.

»Zeigen Sie mir doch den Brief und den Schnurrbart«, sagte er interessiert.

Sie zog beides aus ihrer Schürzentasche und legte die Sachen auf den Tisch.

»Ich habe Ena nichts davon gesagt – daß ich den Brief genommen habe, meine ich –, aber ich wußte, daß sie ihn in ihrer linken Kommodenschublade aufbewahrt ...«

Mr. Reeder war über einige Einzelheiten der Geschichte erstaunter, als er zugab. Anderes erschien ihm dagegen ziemlich alltäglich. Als er aber den Schnurrbart sah, runzelte er die Stirn. Das Ding war sehr gut hergestellt, viel besser als die gewöhnlichen falschen Schnurrbärte, die man in den Geschäften kaufen konnte. Wahrscheinlich hatte ihn ein erfahrener Theaterfriseur verfertigt. Reeder bemerkte Spuren einer Gummilösung an der oberen Seite. Von Rechts wegen hätte der Bart eigentlich mit einem Spezialklebstoff angeklebt sein müssen. Wahrscheinlich hatte er sich bei einer heftigen Bewegung des Trägers gelöst.

Der Detektiv stellte nun eine ganze Reihe von Fragen an Lizzie, die jedoch nur einige beantworten konnte. Es erschien ihr sonderbar, daß er sich über alle möglichen merkwürdigen Dinge bei ihr erkundigte, die ihrer Meinung nach nicht den geringsten Zusammenhang mit Mr. Molyneux und dem falschen Schnurrbart hatten. Zum Beispiel wollte er wissen, ob Ernie ihrer Schwester Geld gegeben, und ob Ena den Mann mit dem falschen Schnurrbart einmal in Ernies Gesellschaft gesehen hatte – oder vielleicht jemand, der ihm ähnlich sah? Hatte Ernie früher einmal etwas davon gesagt, daß er ins Ausland, zum Beispiel nach Amerika, gehen wolle?

Mr. Reeder interessierte sich viel mehr für den Fall, als Lizzie erwartet hatte. Sie erzählte ihm alles, was sie wußte, und schilderte Ernie als einen liebenswürdigen jungen Mann.

»Hat er das geschrieben?« Er zeigte auf den Brief.

Sie nickte.

»Sind Sie auch vollkommen sicher, daß er das selbst geschrieben hat?«

Lizzie war fest davon überzeugt. Sie kannte die Handschrift, denn ihre Schwester hatte ihr die beiden Briefe, die sie von Ernie früher erhalten hatte, natürlich gezeigt. Und außerdem stand eine Widmung von ihm in einem Buch, das er ihr geschenkt hatte.

»Haben Sie vielleicht zufällig zugeschaut, als er in das Buch schrieb?« fragte Mr. Reeder eifrig.

Sie nickte wieder.

»Wie hielt er denn den Federhalter? Etwa so?«

Er nahm einen Federhalter vom Schreibtisch und zog einige Schnörkel in der Luft, bevor er die Feder aufs Papier setzte.

Lizzie war starr vor Staunen.

»Ja, genauso hat er es gemacht. Ich erinnere mich noch daran, weil ich zu meiner Mutter sagte: ›Er scheint nicht zu wissen, was er schreiben soll.‹«

Mr. Reeder nickte befriedigt.

»Wollen Sie auch wissen, was er in das Buch geschrieben hat?«

Er zögerte einen Augenblick.

»Natürlich interessiert mich das«, sagte er dann.

Diese Kleinigkeit mochte an sich bedeutungslos sein, aber sein Interesse war nun einmal geweckt. Vielleicht konnte er dadurch Rückschlüsse auf den Charakter des jungen Mannes ziehen.

Ernie hatte einen Vers geschrieben, der zum Ausdruck brachte, daß es für ein Mädchen besser wäre, ein gutes Herz zu haben, als klug zu sein.

»Hm«, meinte Mr. Reeder. »Klingt ja ganz schön.«

2

Mr. Reeder interessierte sich wirklich außerordentlich für den Fall, der für ihn ziemlich klar lag. Alle diese seltsamen Einzelheiten ordneten sich ihm zu einer zusammenhängenden Geschichte. Nur wußte er nicht, wer Ernie eigentlich war, und noch geheimnisvoller erschien ihm der Mann mit dem falschen Schnurrbart und dem gewandten Auftreten, der die Familie Panton mitten in der Nacht aufgesucht hatte, um das Erscheinen einer Verlobungsanzeige zu verhindern. Mr. Reeder fragte Lizzie, ob sie den Text der Annonce wisse.

Sie erklärte triumphierend, daß sie den genauen Wortlaut in ein Heft eingetragen hätte, das sie zu Hause aufbewahrte.

»Ich glaube«, fuhr sie fort, »daß Mr. Molyneux meine Schwester los sein will. Vielleicht steckt sein Onkel dahinter, wahrscheinlich aber seine Mutter. Sie wissen ja, wie solche Leute denken – sie haben immer Angst, daß ihr Sohn nicht standesgemäß heiratet. Aber darin täuscht sich die Frau! Ich sage Ihnen, meine Schwester hat einen guten Charakter und ist sehr anständig, und außerdem findet man bei den einfacheren Leuten mehr glückliche Ehen als bei den sogenannten ›Vornehmen‹. Man braucht nur in der Zeitung von all den Ehescheidungen zu lesen ...«

»Ja, ja, Sie mögen recht haben«, erwiderte Mr. Reeder zerstreut. »So genau bin ich darüber allerdings nicht informiert.«

Er erhob sich, ging langsam im Zimmer auf und ab und runzelte die Stirn. Die Hände hatte er in die Taschen gesteckt, und die Schultern ließ er herabhängen.

»Und noch etwas«, begann Lizzie wieder, die merkte, daß ihre Geschichte großen Eindruck auf ihn gemacht hatte. »Auch wenn sein Onkel ihn enterben will, könnten die beiden heiraten. Enas Schmuck ist ziemlich wertvoll – mindestens tausend Pfund ...«

»Wie wäre es – könnte ich einmal mit Ena sprechen?« unterbrach Mr. Reeder das Mädchen. »Sie weiß doch wahrscheinlich, daß Sie mir das alles mitteilen? Oder etwa nicht?«

Lizzie schlug verlegen die Augen nieder.

»Wenn ich Ihnen die Wahrheit sagen soll«, entgegnete sie verwirrt, »so hat sie keine Ahnung davon. Was wird sie bloß sagen, wenn sie erfährt, daß ich zu einem Detektiv gegangen bin!«

Er nickte ihr zu.

»Sagen Sie ihr das ruhig«, erwiderte er freundlich. »Und dann bringen Sie Ihre Schwester morgen abend einmal hierher. Sie soll auch die anderen Briefe mitbringen, die sie von Ernie bekommen hat. Mir kann sie ruhig alles anvertrauen, ich verstehe gut, daß sie jetzt sehr traurig ist.«

Er wollte den Brief behalten, den Lizzie ihm gezeigt hatte, aber sie bestand darauf, ihn wieder mitzunehmen.

*

Den größten Teil der Nacht versuchte sie, ihre Schwester zu überreden, mit ihr zusammen Mr. Reeder aufzusuchen. Ena erschrak, als sie alles erfuhr und machte ihrer Schwester heftige Vorwürfe. Aber schließlich gab sie nach.

Am nächsten Abend begleitete sie Lizzie sogar bereitwillig zu der Wohnung Mr. Reeders, denn im Laufe des Tages hatte sich wieder etwas Merkwürdiges ereignet. Sie hatte von Ernie einen eingeschriebenen Brief erhalten, in dem sich drei Banknoten zu je hundert Pfund befanden. Auch eine kurze Mitteilung war dabei:

›Wenn ein Telegramm mit einer bestimmten Adresse bei Dir eintrifft, so erzähle niemand etwas davon. Verbrenne es und komme sofort zu mir. Ich halte es einfach nicht mehr aus ohne Dich. Besorge dir sofort einen Reisepaß. Sprich aber darüber nicht zu Deiner Mutter oder zu Lizzie. Du brauchst keine Angst zu haben, es wird alles wieder gut.‹

Auf der Rückseite des Briefes war mit Bleistift eine lange Reihe von Zahlen hingekritzelt, und zwar mußte das in größter Eile geschehen sein.

Mr. Reeder zählte die Beträge zusammen, die eine Summe von 310 740 Pfund ergaben.

Ena hatte sich einen Detektiv ganz anders vorgestellt. Aber so ging es den meisten Leuten, und Mr. Reeder teilte schon seit langem die Menschen, die er kennenlernte, in zwei Kategorien ein. Die einen waren enttäuscht, wenn sie ihn sahen, die anderen atmeten erleichtert auf. Ena gehörte zu den letzteren.

Er war freundlich und liebenswürdig und drängte sie nicht, was sie als sehr angenehm empfand. Sie hatte erwartet, daß er sie mit Fragen bestürmen und in die Ecke treiben würde. Er fragte sie zwar einiges, blieb dabei aber immer zuvorkommend und bemühte sich, sie in keiner Weise zu verletzen.

Sie erzählte ihm weit mehr, als sie sich vorgenommen hatte. Es kam ihr selbst erstaunlich vor, einem Fremden so viel anzuvertrauen. Sie schätzte und liebte Ernie sehr; er hatte sich ihr gegenüber immer anständig benommen, und es gab für sie nicht den mindesten Grund zur Klage.

»Er hätte doch offen mit mir sprechen können, wenn er mich nicht mehr haben wollte. Ich hätte ihm deswegen bestimmt keine Vorwürfe gemacht«, sagte sie niedergeschlagen.

»Aber er mag Sie doch gern und sehnt sich nach Ihnen«, erwiderte Mr. Reeder freundlich. »Trotzdem fürchte ich ...«

Er schüttelte den Kopf.

»Sie glauben, daß er es nicht aufrichtig meint, wenn er schreibt, daß ich mir einen Paß besorgen und zu ihm kommen soll?« fragte sie ängstlich.

»Ich bin im Gegenteil fest davon überzeugt, daß er das ehrlich gemeint hat«, entgegnete Mr. Reeder bedächtig. »Nein, ich dachte eben an etwas anderes ...«

»Ich weiß nicht, warum ich mir überhaupt soviel Gedanken mache«, sagte Ena trotzig. »Meiner Meinung nach sind seine Eltern dagegen. Aber wir müssen doch unser eigenes Leben führen, schließlich heiraten wir ja nicht die Eltern – die ich nicht einmal kenne!«

Mr. Reeder schien mit seinen Gedanken ganz woanders zu sein.

»Hat er jemals gesagt, daß er mit Ihnen eine Reise nach Übersee machen wollte?«

»Nein.«

»Oder unterhielt er sich mit Ihnen darüber, wo Sie einmal Ihre Flitterwochen verbringen würden?«

Ena erklärte, daß sie über so etwas niemals gesprochen hätten – solchen Themen wäre er immer ausgewichen.

Er rieb sich die Nase und war ein wenig verwundert.

»Sie können mir also gar nichts darüber sagen? Hat er nie eine Andeutung über einen Aufenthalt im Ausland gemacht?«

Sie schüttelte den Kopf. Das Gespräch begann ihr allmählich auf die Nerven zu gehen, und besonders die letzte Frage erschien ihr völlig abwegig, nachdem es zumindest unwahrscheinlich war, daß sie Ernie jemals heiraten würde.

»Wenn er mir auch geschrieben hat, daß ich zu ihm kommen soll, so weiß er doch ganz genau, daß ich nur zusammen mit meiner Mutter reisen würde.«

»Selbstverständlich«, pflichtete er ihr bei.

So geschickt er sie auch ausfragte, sie konnte ihm nur wenig von Ernies Charakter erzählen. Er war ganz einfach ein Gentleman für sie, wenn er auch nie über seinen Beruf mit ihr gesprochen hatte. Immerhin schien schon die Tatsache, daß er ihr dreihundert Pfund geschickt hatte, zu beweisen, daß er ein gutes Einkommen bezog. Ena wußte auch, daß er in Birmingham wohnte, weil er dort geschäftlich zu tun hatte. Was er aber eigentlich tat und wie seine genaue Adresse dort lautete, konnte sie auch nicht sagen.

»Ich lasse mich nicht so behandeln«, erklärte sie zum Schluß kriegerisch. »Wenn Ernie mich aufgegeben hat, weil ich irgend jemand in seiner Familie nicht gut genug bin, dann ...«

»Schon gut, Sie haben vollkommen recht«, beruhigte sie der Detektiv.

Er nahm wieder den künstlichen Schnurrbart in die Hand und betrachtete ihn nachdenklich, dann stellte er noch einige Fragen. Er wollte wissen, wie groß der fremde Herr gewesen sei, und er erkundigte sich nach dem Klang seiner Stimme, der Kleidung und irgendwelchen besonderen Merkmalen.

Sie gab ihm Auskunft, so gut sie konnte. Ziemlich genau glaubte sie sich erinnern zu können, daß er einen Smoking getragen hatte. Völlig sicher war sie sich aber mit der Feststellung, daß sie ihn weder vorher noch nachher jemals gesehen hatte.

Als Ena mit ihrer Schwester wieder nach Hause ging, war sie ziemlich ärgerlich.

»So habe ich mir einen Detektiv wirklich nicht vorgestellt«, erklärte sie enttäuscht. »Nach jedem Satz macht er eine Pause und sagt ›hm‹. Und dann diese Fragen – ich finde, daß sie in gar keinem richtigen Zusammenhang mit dem Fall stehen. Und meine Ringe hat er überhaupt nicht angesehen. Schließlich hätte er doch wenigstens fragen müssen, ob sie echt sind.«

»Du weißt ganz genau, daß sie echt sind«, entgegnete Lizzie gereizt.

Sie war selbst ein wenig von Mr. Reeder enttäuscht. Vor allem deswegen, weil er sich nicht weiter zu dem schwarzen Schnurrbart geäußert hatte. Mit einer Bemerkung, daß er sehr kunstvoll angefertigt wäre, hatte er dieses in ihren Augen äußerst wichtige Corpus delicti abgetan.

»Am wenigsten gefällt mir, daß er meine Briefe behalten hat«, meinte Ena empört. Ihr ganzer Ärger entlud sich jetzt auf Mr. Reeder, der ihr im Anfang doch eigentlich ganz sympathisch gewesen war.

»Es ist doch nur ein Brief, Ena«, beschwichtigte sie Lizzie. »Ich werde Mr. Reeder morgen früh danach fragen, wenn ich ihn sehe. Bestimmt gibt er ihn mir dann zurück.«

»Das glaube ich durchaus nicht! Ich habe ihn doch vorhin noch darum gebeten, und er hat sich einfach geweigert, ihn mir zu geben«, erklärte Ena aufgebracht. »An deiner Stelle würde ich bei einem solchen Menschen nicht arbeiten, sondern mir eine andere Stellung suchen.«

Lizzie erwiderte nichts darauf. Sie ging ihren eigenen Gedanken nach, und es stieg ein Verdacht in ihr auf, der sich aber nicht gegen den Detektiv richtete.

*

Am nächsten Morgen ging Mr. Reeder, wie immer tief in Gedanken versunken, in sein Büro. Sogar in der überfüllten U-Bahn beschäftigte er sich eifrig mit Lizzies Schwester und deren sonderbarem Verlobten. Wenn er im Augenblick auch wenig unternehmen konnte, war ihm doch alles klar, was Ernie betraf – und vor allem war er sich über die Bedeutung des Briefes völlig sicher.

Es kostete ihn einige Mühe, seinem Chef den Fall auseinanderzusetzen. Er hörte ihm zwar interessiert zu, aber als Reeder alles erzählt hatte, schüttelte er den Kopf.

»Man könnte der Sache natürlich auf den Grund gehen«, meinte er, »aber ich bezweifle, daß das unsere Aufgabe ist. Vielleicht benachrichtigen Sie Scotland Yard, die können da mehr tun. Uns geht es eigentlich nichts an. Wenn Scotland Yard etwas damit anfangen kann, müssen wir uns später ja sowieso mit dem Fall beschäftigen.«

Mr. Reeder schien damit einverstanden zu sein, aber er meldete die Angelegenheit nicht Scotland Yard, obwohl er noch am selben Tag mit dieser Behörde zu tun hatte. Er wurde nämlich wegen eines aufsehenerregenden Falles konsultiert, der wochenlang die ganze Presse in Atem halten sollte.

In Wirklichkeit war es nicht nur ein Fall, sondern eine ganze Reihe von geheimnisvollen Begebenheiten, die scheinbar in keiner Beziehung zueinander standen.

Zunächst handelte es sich um Mr. Friston, einen Lehrer in Eton. Er war allgemein bekannt, und man wußte, daß er in bestimmten Dingen eine festumrissene Meinung hatte – besonders was die Wirtschaftspolitik betraf. Er hatte darüber schon öfters auf Versammlungen in London gesprochen und dabei so scharf Stellung genommen, daß man ihn von der Schule aus ersuchte, in dieser Weise nicht mehr in der Öffentlichkeit hervorzutreten.

Er war achtundvierzig Jahre alt und äußerst tatkräftig. Dabei hatte er die Angewohnheit, unglaublich früh aufzustehen; allen Leuten erzählte er, daß er höchstens fünf Stunden Schlaf brauche. Da er meist abends um neun Uhr zu Bett ging, saß er für gewöhnlich schon morgens um drei in seinem Studierzimmer und arbeitete, nachdem er einen längeren Spaziergang gemacht hatte.

Die Polizeibeamten wußten das und waren auch nicht erstaunt, wenn er ihnen um zwei Uhr nachts begegnete und einen guten Morgen wünschte.

Eines Nachts um diese Zeit herrschte leichter Nebel, aber ein Polizist, der im Schatten einer Mauer stand, erkannte Mr. Friston, der hinunter nach Eton wanderte. Der Lehrer wandte sich dann nach links, und man sah ihn nicht wieder, bis ihn derselbe Polizist auf seinem Patrouillengang entdeckte.

Inzwischen hatte sich der Nebel in einen Nieselregen verwandelt. Es war Viertel nach drei Uhr, als der Beamte einen Mann fand, der halb auf dem Gehweg, halb auf der Fahrbahn lag. Er leuchtete ihm mit der Taschenlampe ins Gesicht und erkannte zu seinem Schrecken Mr. Friston.

Sofort telefonierte er nach einem Krankenwagen. Man brachte den Bewußtlosen ins Krankenhaus und stellte dort fest, daß er eine schwere Gehirnerschütterung erlitten hatte.

Polizeibeamte suchten die Umgebung ab und machten dabei eine wichtige Entdeckung: Sie fanden einen blutigen Schraubenschlüssel, ein langes, schweres Werkzeug, mit dem man ohne weiteres einen Menschen niederschlagen konnte. Der Schlüssel lag nicht mehr als einen Meter von der Stelle entfernt, wo man den Bewußtlosen aufgefunden hatte.

Der Polizeipräsident von Berkshire, dem die Sache gemeldet wurde, wandte sich an die Mordkommission von Scotland. Yard. Der Fall war um so ernster, als Mr. Friston am anderen Mittag starb, ohne das Bewußtsein wiedererlangt zu haben. Man hatte nicht den geringsten Anhaltspunkt gefunden, wer der Täter sein könnte.

Mr. Reeder fuhr mit einigen Beamten der Mordkommission nach Windsor und betrachtete den Toten und den blutigen Schraubenschlüssel. Es bestand nicht der geringste Zweifel, daß die Tat mit diesem Werkzeug ausgeführt worden war. Der Täter mußte mehrmals mit aller Kraft auf sein Opfer eingeschlagen haben, wie aus den schweren Verletzungen zu schließen war.

»Also, die Waffe, mit der Friston ermordet wurde, haben wir hier«, sagte der Polizeiinspektor, der den Fall bearbeitete. »Wir haben Blut und Haare an dem Schraubenschlüssel gefunden, und der Arzt sagte außerdem, daß das eine Ende des Eisens genau in die Wunde paßte.«

Mr. Reeder untersuchte die Wunde und den Schraubenschlüssel genau und legte ihn dann beiseite, ohne ein Wort zu sagen.

Er hatte etwas entdeckt, was ihn erstaunte. Allem Anschein nach rührte die Verletzung des Toten von dem Schraubenschlüssel her. Aber es gab da gewisse Einzelheiten, die nicht zu dieser Theorie paßten.

»Ein Raubmord kommt nicht in Betracht«, erklärte der Beamte. »Friston hatte zehn Pfund in der Tasche, als er gefunden wurde. Nein, er muß mit jemand in Streit geraten sein – oder seine politischen Gegner haben ihm eins ausgewischt. Wir wissen ja, daß er von dieser Seite mehrmals Drohbriefe erhalten hat. Was meinen Sie dazu, Mr. Reeder?«

Der Detektiv schüttelte den Kopf.

»Ich kann Ihnen leider nicht zustimmen«, entgegnete er höflich. »Mit Politik hat diese Sache bestimmt nichts zu tun.«

»Dachte ich mir doch, daß Sie wieder mal eine ganz andere Ansicht haben würden als wir«, erwiderte der Inspektor ironisch. »Das Gefühl hatte ich schon, als Sie zugezogen wurden.«

»Wirklich ein merkwürdiger Fall«, sagte Mr. Reeder, ohne sich um die Worte des anderen zu kümmern. »Als Mr. Friston gefunden wurde, hatte er doch noch seinen weichen Filzhut auf dem Kopf. Der Hut war ziemlich verbeult, aber immerhin nicht heruntergefallen. Inzwischen habe ich mit seinem Diener gesprochen, der mir sagte, daß Mr. Friston den Hut immer sehr fest auf den Kopf setzte, ja, daß er ihn sich fast bis über die Ohren zog. Das haben wir ja auch gesehen – der Hut fiel nicht einmal vom Kopf, als Mr. Friston zu Boden stürzte.«

»Der Hut ist aber doch durchlöchert, nicht wahr?«

Mr. Reeder nickte.

»Ganz richtig. Filzteilchen wurden außerdem in der Wunde gefunden – Sie haben ja selbst gesagt, daß der Täter mit aller Wucht zugeschlagen haben muß.«

Mr. Reeder sah von einem zum anderen.

»Ich pfusche Ihnen nicht gern ins Handwerk, Inspektor, glauben Sie mir das! Abgesehen davon könnte ich auch noch gar keine Erklärung des Falles geben – ich muß Ihnen gestehen, daß ich bis jetzt noch vor einem Rätsel stehe.«

»Das geht uns allen so«, entgegnete der Inspektor, etwas besser gelaunt. »Aber so ist es ja bei jedem Fall, Mr. Reeder – zuerst stehen Sie vor einem Rätsel, und nachdem Sie sich ein wenig mit der Sache beschäftigt haben, finden Sie auch die richtige Lösung. Der Mann, der das getan hat ...«

»Darüber zerbreche ich mir nicht den Kopf«, erwiderte Mr. Reeder. »Die Frage, die mich vor allem interessiert, lautet ganz anders: Wer war der zweite Mann, der ermordet wurde?«

Der Inspektor starrte ihn entsetzt an.

»Was reden Sie da von einem zweiten Mann? Wir haben doch nur einen gefunden.«

Mr. Reeder nickte.

»Gewiß. Aber es ist noch jemand mit diesem Schraubenschlüssel ermordet worden. Es sind Blut und Haare an dem Eisen.«

»Nun, das ist doch leicht zu erklären«, widersprach Inspektor Laymen. »Bei einem so gewaltsamen Mord kann man wohl annehmen, daß Blut und Haare an der Waffe kleben.«

»Ich bin da anderer Ansicht«, erklärte Mr. Reeder höflich. »Meiner Meinung nach kam die Waffe nicht direkt mit der Wunde in Berührung. Und außerdem ist Mr. Friston kahlköpfig.

Laymen war geschlagen. Aufgeregt rieb er sich die Stirn.

»Sie haben recht«, sagte er langsam. »Die Wunde hat kaum geblutet, und der Ermordete hat tatsächlich eine Glatze.«

Er nahm den Schraubenschlüssel wieder in die Hand und betrachtete ihn.

»Die Sache ist mir ein Rätsel«, fuhr Mr. Reeder fort. »Der Mörder von Mr. Friston tötete auch noch einen anderen mit derselben Waffe oder verletzte ihn zum mindesten sehr schwer.«

Der Inspektor ließ sich überzeugen und ordnete an, daß die Umgebung genau abgesucht werden sollte. Die Polizei kämmte das Gelände am Flußufer zwei Meilen aufwärts und abwärts durch, ohne jedoch eine Spur, die zur Aufklärung dieses geheimnisvollen Falles hätte dienen können, zu finden.

Mr. Reeder brachte den größten Teil des Tages damit zu, auf eigene Faust Nachforschungen anzustellen. Er kehrte nicht zu Laymen und den anderen Beamten zurück, sondern fuhr allein im Zug nach London.

In Paddington kaufte er alle Abendzeitungen und las die Berichte über den Mord sorgfältig durch, denn Journalisten beobachten manchmal Dinge, die der Aufmerksamkeit der Polizei entgehen.

Aber Mr. Reeder entdeckte nichts, was zur Lösung des Rätsels beitragen konnte.

Nachdem er in den Bus gestiegen war, der ihn nach Hause bringen sollte, setzte er sich in eine Ecke und beschäftigte sich mit den anderen Nachrichten, die in den Blättern standen.

Er ging dabei sorgfältig und systematisch vor und übersah so leicht nichts. Sogar die Annoncen las er aufmerksam durch, und manche Leute behaupteten, daß er auch noch die Kreuzworträtsel löse.

Nach einer Weile entdeckte er einen Bericht mit der Überschrift:

›Dollarpaket in einem Heuschober. Überraschender Fund eines Landarbeiters. Ein Knecht namens Ward, der bei dem Farmer John Carter arbeitet, machte heute morgen eine seltsame Entdeckung. Er mußte auf einen großen Heuschober klettern, von dem der Wind einige Ziegel abgedeckt hatte. Dabei bemerkte er ein flaches Päckchen, das oben auf dem Heu lag, nahm es mit und brachte es Mr. Carter. Als dieser das Päckchen untersuchte, stellte sich heraus, daß es Banknoten im Wert von fünfundzwanzigtausend Dollar enthielt. Es war mit einem Gummiband verschnürt. Die obersten Scheine waren vom Regen durchnäßt, aber sonst hatten sie nicht gelitten. Mr. Carter setzte sich sofort mit der Polizei in Farnham in Verbindung, die die Banknoten in Verwahrung nahm und Nachforschungen über ihre Herkunft anstellte.

In der Umgebung ist in den letzten drei Monaten verschiedentlich eingebrochen worden, und man neigt zu der Ansicht, daß die Scheine vielleicht ein Teil der Beute sind, die von Dieben während des vergangenen Sommers bei mehreren reichen Amerikanern gemacht wurden, die in der Gegend wohnten. Ungeklärt bliebe dann allerdings, warum die Diebe die Banknoten ausgerechnet in einem Heuschober versteckten und nicht mitnahmen. Natürlich durchsuchten Mr. Carter und der Knecht den ganzen Heuschober, konnten aber sonst nichts mehr finden.‹

Mr. Reeder, der ein geradezu fabelhaftes Gedächtnis für alles hatte, was auch nur von ferne wie ein Verbrechen aussah, wußte genau, daß verschiedene kleinere Diebstähle in der Gegend von Farnham vorgekommen waren; er konnte sich aber durchaus nicht darauf besinnen, daß dort ein größerer Einbruch verübt worden war. Wenigstens war der Polizei nichts dergleichen gemeldet worden.

Er blätterte um und fand auf der letzten Seite unter der Überschrift ›Letzte Meldungen‹ noch folgende Notiz, die sich auf den Geldfund in dem Heuschober bezog:

›Nach dem unvermuteten Dollarfund in einem Heuschober, über den wir schon berichteten, wurde jetzt ein weiteres Päckchen mit Banknoten, abermals in Höhe von fünfundzwanzigtausend Dollar, in einem trockenen Graben entdeckt, etwa zwei Kilometer von dem ersten Fundort entfernt.‹

»Hm«, brummte Mr. Reeder und las die nächste Meldung.

›Wie die polizeilichen Ermittlungen ergaben, wurde der aus-
gebrannte Wagen, über den wir auf Seite 6 berichtet haben,
gebraucht von einem gewissen Mr. Waterloo Stevenson in
der Brickfield-Reparaturwerkstätte gekauft.‹

Reeder blätterte auf Seite 6 zurück und erteilte sich selbst einen
Verweis, weil er diese Nachricht übersehen hatte. Was er dann aber
las, war nicht besonders aufregend.

Man hatte in einem Straßengraben zwischen Shrewton und Tils-
head in Wiltshire ein Auto entdeckt, das vollkommen ausgebrannt
war. Von dem Eigentümer war keine Spur zu finden. Das Nummernschild war außerdem nicht mehr zu entziffern, so daß die Polizei vorerst keinerlei Anhaltspunkte hatte.

»Hm«, brummte Mr. Reeder wieder.

Zur Hälfte verdankte er seine Erfolge der Fähigkeit, sich auf
Grund noch so unscheinbarer Anhaltspunkte eine Geschichte auszudenken. Er hatte eine ganz merkwürdige Gabe, die seltsamsten
Dinge miteinander in Verbindung zu bringen. Die Geschichten, die
dabei entstanden, waren auch demnach, das heißt, so phantastisch,
daß man den Eindruck hatte, er erfinde sie nur zu seinem eigenen
Vergnügen.

In der Geschichte, die sich Mr. Reeder auf dem Heimweg aus-
dachte, spielten ein ausgebranntes Auto und zwei Päckchen ameri-
kanischer Banknoten eine Rolle – außerdem ein in Eton angestellter
Lehrer, der während der Nacht von einem unbekannten Täter ermordet worden war.

Übrigens zog Mr. Reeder keine weiteren Schlüsse aus diesen Geschichten; es sei denn, daß er manchmal plötzlich entdeckte, daß sie
der Wahrheit entsprachen. Meistens vertrieb er sich aber nur die
Zeit mit diesen Spielereien seiner Phantasie.

Er saß gerade beim Abendessen in seiner Wohnung, als er sich
eine neue Geschichte ausmalte. Dabei kam ihm auf einmal der Ein-
fall, daß sie diesmal stimmen könnte.

Er legte das Brot auf den Teller zurück, trank seine Tasse Tee aus und wischte sich die Hände an der Serviette ab. Dann klingelte er, und, gleich darauf erschien seine Haushälterin.

»Bitte räumen Sie das alles ab«, sagte er. »Ich muß jetzt arbeiten.«

Dann saß er zwei Stunden vor seinem Schreibtisch, hielt die Hände über der Weste gefaltet und starrte auf seine Schreibunterlage. Nur hin und wieder griff er nach einem Bleistift und schrieb ein paar Worte auf ein Blatt Papier oder strich etwas aus, das er zuvor notiert hatte.

Um halb elf ging er in sein Schlafzimmer und zog seinen besten Anzug an. Das war ganz außergewöhnlich, und die Haushälterin erschrak fast, als sie ihn so elegant sah.

3

Es war Viertel vor zwölf, als Mr. Reeder die Räume des Ragbag-Klub in der Wardour Street betrat. Die Öffentlichkeit hörte meist nur dann etwas von diesem Lokal, wenn die Polizei dort wieder einmal eine Razzia abgehalten hatte. Obwohl er ein seltener Gast war, kannte man ihn, und der Oberkellner brachte ihn sofort zu einem Ecktisch. Dann servierte er eine Flasche Sprudel und Spiegeleier mit Schinken.

»Ist jemand hier, Adolph?«

»Nein, noch nicht, Mr. Reeder. Sie kommen vermutlich erst nach der letzten Theatervorstellung.«

Der Oberkellner war ein wenig nervös.

»Irgend etwas Besonderes los?« fragte er.

Mr. Reeder steckte sich eine Zigarette an, bevor er antwortete.

»Wenn Sie mich danach fragen, ob die Polizei diese Kneipe heute durchsuchen wird, so kann ich Ihnen das nicht genau sagen ... Ich glaube aber, daß Sie diesen Abend sicher sind.«

Adolph atmete auf. Mr. Reeders Worte waren so gut wie eine Garantie, daß heute nichts passieren würde.

Tatsächlich hatte Mr. Reeder, bevor er zum Ragbag-Klub ging, Scotland Yard über sein Vorhaben informiert.

»Erwarten Sie heute jemand?«

Adolph schüttelte den Kopf.

»Niemand, den Sie kennen.«

Diese Versicherung erhielt Mr. Reeder immer, wenn er hierherkam.

»Wie steht es denn mit Higson? Kann man Mr. Hymie Higson heute treffen?«

Der Oberkellner sah den Detektiv verwirrt an.

»Der ist schon lange nicht mehr hiergewesen – seit ...«

»Sagen Sie mir ruhig die Wahrheit«, entgegnete Mr. Reeder freundlich. »Wenn ich jemand gegenüber offen bin, so erwarte ich dasselbe von ihm. Vor ungefähr einem Jahr gab es große Unannehmlichkeiten wegen eines Mannes, dessen Namen mir im Augenblick entfallen ist. Er hatte gefälschte Banknoten unter das Publikum gebracht. Der Polizei gelang es, die falschen Scheine bis zu diesem Klub zu verfolgen, und besonders der liebenswürdige Oberkellner Adolph, der ja auch Eigentümer des Klubs ist, geriet in Verdacht.

Ich widmete mich der Aufklärung des Falles und bekam dabei heraus, daß Sie keine Schuld an der Sache hatten. Natürlich hätte die Geschichte für Sie trotzdem unangenehm werden können, aber ich hatte nun mal nicht die Absicht, Ihre Gäste abzuschrecken. Vor allem deshalb verzichtete ich darauf, Sie als Zeugen vernehmen zu lassen.«

Adolph räusperte sich verlegen.

»Das stimmt alles, Mr. Reeder. Ich habe Ihnen damals ja auch erklärt, daß ich mich dafür revanchieren würde, sobald sich eine Gelegenheit bietet.«

»Gut. Wie steht es also mit Higson?«

Mr. Reeder schaute ihn scharf an, aber der Oberkellner antwortete ohne Zögern.

»Hymie war seit Sonntagabend nicht mehr hier, aber ich erwarte ihn noch heute. Er hat telefonisch bei mir ein Privatzimmer und ein Menü bestellt. Das Privatzimmer war allerdings bereits vergeben, und ich kann ihm das Essen nur hier servieren. Meiner Meinung nach wird er jeden Augenblick kommen.«

»Wann hat er denn angerufen?«

Adolph überlegte.

»Heute abend – so gegen sechs. Er wollte unter allen Umständen das Nebenzimmer haben.«

»Bringt er denn jemand mit?«

Der Oberkellner zuckte die Achseln.

»Er hat nichts davon gesagt und auch nur ein Gedeck bestellt.«

»Schön, ich werde auf ihn warten«, erklärte Mr. Reeder.

Adolph sah ihn besorgt an.

»Ist denn etwas nicht in Ordnung? Es wäre mir sehr unangenehm, wenn Sie ausgerechnet in meinem Klub jemand verhaften würden. Mein Ruf bei der Polizei ist in der letzten Zeit sowieso nicht sehr gut ...«

»Keine Sorge, ich werde hier niemand verhaften«, entgegnete Mr. Reeder liebenswürdig. »Ich möchte nur eine alte, nicht gerade sehr angenehme Bekanntschaft erneuern.«

Fünf Minuten später kam Hymie Higson durch die Tür und ließ sich vom Kellner aus dem Mantel helfen. Er trug einen unauffälligen Straßenanzug.

Als er sich umsah, entdeckte er Mr. Reeder. Er tat, als ob er ihn nicht bemerkt hatte, aber der Detektiv winkte ihn mit einer unmißverständlichen Handbewegung zu sich.

Nur wenige Gäste saßen in dem Raum, und Hymie blieb praktisch keine andere Wahl, als Reeders Aufforderung Folge zu leisten.

Zögernd kam er an den Tisch.

»Sind Sie allein?« erkundigte sich Mr. Reeder freundlich. »Setzen Sie sich doch zu mir.«

»Ich erwarte einige Freunde«, erwiderte Hymie kühl und blieb neben dem Tisch stehen.

»Meiner Meinung nach wäre es wirklich besser, wenn Sie sich ein wenig zu mir setzten«, sagte Reeder mit einem merkwürdigen Unterton in der Stimme.

Widerwillig folgte Hymie der Aufforderung. Er war schlank und hatte ein scharfgeschnittenes Gesicht. Wer ihn beobachtete, dem fielen besonders seine ungewöhnlich langen, schmalen Hände auf.

»Also gut, dann sagen Sie mir, was Sie zu sagen haben – aber ein wenig schnell bitte«, erklärte er herausfordernd. »Es schadet meinem guten Ruf, wenn mich Bekannte mit einem Polizeibeamten sehen.«

Mr. Reeder lächelte.

»Oh, mir macht so etwas nichts aus. Alle Leute, die uns beide zusammen sehen, wissen sowieso, was los ist. Man wird eben denken, daß ich einen Verbrecher ausfrage – schließlich ist es ja bekannt genug, daß Sie Falschgeld vertreiben, Wechsel fälschen und beim Kartenspielen betrügen. Ihre Kameraden in der Offiziersmesse haben Sie doch seinerzeit beim Spiel ganz hübsch hereingelegt, nicht wahr? Deshalb mußten Sie ja den Dienst quittieren. Ich will gar nicht davon reden, was Sie sonst noch alles auf dem Kerbholz haben. Vielleicht auch ein kleiner Mord darunter, wie?«

Mr. Reeder hatte mit außerordentlicher Liebenswürdigkeit gesprochen, eine Reaktion war Hymie aber kaum anzumerken.

»Sie könnten tatsächlich meine Lebensgeschichte schreiben!«

»Jedenfalls bin ich in der Lage, einige interessante Daten dazu zu liefern«, entgegnete Mr. Reeder zuvorkommend. »Mit dem Geld hatten Sie übrigens wirklich Pech«, fügte er unvermittelt hinzu.

Obwohl Hymie sich sehr gut beherrschen konnte, fuhr er jetzt doch ein wenig zusammen.

»Was soll das heißen?«

»Ich meine die fünfzigtausend Dollar«, erwiderte Mr. Reeder lässig. »Das ist immerhin eine ganz schöne Stange Geld, die man im allgemeinen nicht in Heuschobern und Straßengräben liegen läßt.«

»Was soll denn das Gerede? Ich habe nichts mit Heuschobern und Straßengräben zu tun«, entgegnete Hymie schleppend. »Haben Sie vielleicht ein neues Rätselspiel erfunden?« Dann lachte er plötzlich. »Um Himmels willen, Sie meinen doch nicht etwa die amerikanischen Banknoten, von denen die Zeitungen heute abend berichten? Ein Landarbeiter in Kent hat sie gefunden, nicht wahr? Wirklich eine der merkwürdigsten Geschichten, die ich je gehört habe. Aber wie kommen Sie nur auf den Gedanken, daß ich etwas davon wissen sollte?«

»Sie irren sich, es war nicht in Kent«, verbesserte ihn Mr. Reeder, »sondern in der Nähe von Farnham.«

»Dort bin ich noch nie in meinem Leben gewesen«, sagte Hymie lächelnd. »Darauf können Sie sich verlassen, Mr. Reeder. Und wenn ich tatsächlich dort gewesen wäre, hätte ich ganz bestimmt nicht so viel Geld in einem Heuschober liegen lassen! Wenn Sie sich nur darüber mit mir unterhalten wollen, dann vergeuden Sie nur Ihre und meine Zeit.«

Er stand auf, aber Mr. Reeder packte ihn am Arm.

»Nur noch einen Augenblick, ich habe noch einige Fragen an Sie zu richten.«

»Dann wäre es gut, wenn Sie mir einen Brief schrieben – oder noch besser, Sie versuchen es mit dem Lügendetektor bei mir. Ich habe neulich einen Aufsatz in einem amerikanischen Magazin darüber gelesen – man schnallt den Delinquenten einfach an, und wenn er lügt, kann man das an der Reaktion verschiedener Instrumente feststellen. Man hat es bei einem Mann ausprobiert, der einen anderen ermordet hatte ...«

Plötzlich hielt er inne, und Reeder sah, wie sich sein Gesicht verhärtete.

»Und weiter, was wollen Sie sagen? Jemand hat einen anderen ermordet ...«

Higson lachte grell.

»Ich bin nicht hergekommen, um Ihnen Märchen zu erzählen.«

Er machte eine knappe Verbeugung und schlenderte davon. Sicher wäre er nicht so ruhig gewesen, wenn er gewußt hätte, daß auch Mr. Reeder den Aufsatz über den Lügendetektor gelesen hatte. Dieser interessante Artikel war wirklich in einem amerikanischen Magazin erschienen.

Hymie hatte sich an einen kleinen Tisch gesetzt und ließ sich sein Abendessen servieren. Wie Mr. Reeder bemerkte, schien es ihm nicht sehr zu schmecken. Er hielt sich auch nur verhältnismäßig kurze Zeit in dem Restaurant auf, zahlte bald und ging wieder.

Mr. Reeder stellte noch einige andere Nachforschungen an, aber keine führte zu einem befriedigenden Ergebnis.

Er suchte einige Klubs auf, die in noch weniger gutem Ruf standen als der Ragbag-Klub. Es waren durchweg keine sehr vornehmen Lokale, in denen er allgemein auffiel. Meistens handelte es sich um kleine Zimmer, die im oberen Stockwerk lagen. Wenn Mr. Reeder die Räume betrat, wurde er sofort erkannt, und es trat Totenstille ein. Trotzdem machte er sich an die unmöglichsten Leute heran und stellte sonderbare Fragen an sie.

Nach mehreren Stunden kehrte er sehr müde in seine Wohnung zurück. Es schlug drei, als er sich zur Ruhe legte und die Decke über die Ohren zog. Aber er hatte die Augen noch nicht geschlossen, als er hörte, daß jemand an seiner Haustür klingelte.

Da das Klingeln nicht aufhörte, erhob er sich schließlich schimpfend, öffnete das Fenster und schaute hinaus.

Vor der Tür stand eine dunkle Gestalt.

»Wer ist da?« rief er hinunter.

»Ich bin's, Lizzie – ich muß Sie unbedingt einen Augenblick sprechen, Mr. Reeder. Es ist etwas Schreckliches passiert!«

»Warten Sie!«

Er schloß das Fenster, machte Licht und kleidete sich hastig an. Dann ging er nach unten und ließ Lizzie herein, die heftig schluchzte.

Es dauerte eine ganze Weile, bis sie zusammenhängend erzählen konnte.

»Ena ist fort, man hat sie weggeholt! Und ich bin fest davon überzeugt, daß ihr etwas passiert ist, Mr. Reeder ...«

Er gab ihr ein Glas Wasser, und schließlich hatte sie sich so weit beruhigt, daß sie der Reihe nach berichten konnte, was vorgefallen war.

Um elf Uhr hatte sie sich ins Bett gelegt. Sie schlief mit ihrer Schwester in einem Zimmer, dessen Fenster auf der Straßenseite lagen. Fast eine Stunde lang hatten sie noch über Ernie und sein sonderbares Verhalten gesprochen, schliefen dann aber gegen Mitternacht ein.

Um ein Uhr wachte Lizzie, die einen sehr festen Schlaf hatte, an einem Geräusch auf. Schläfrig öffnete sie die Augen und sah, daß Ena Licht gemacht hatte und in ihrem Morgenrock gerade aus dem Zimmer gehen wollte. Sie fragte, was es gäbe, und Ena flüsterte ihr zu: »Ernie will mich sprechen, er ist draußen.«

Lizzie war noch halb im Schlaf, blieb liegen und versuchte zuerst einmal, ganz wach zu werden.

Sie hörte an der Haustür Stimmen, und dann wurde es plötzlich ganz still. Gleich darauf fuhr vor dem Haus ein Auto an. Sie sprang aus dem Bett, ging zur Tür und lauschte – nichts war zu hören. Schnell warf sie sich einen Mantel über und lief die Treppe hinunter.

Sie fand die Haustür weit offen, von Ena keine Spur.

Bestürzt ging sie wieder nach oben und weckte ihre Mutter. Beide warteten ängstlich, aber Ena blieb verschwunden. Sie hatte nur einen Morgenrock über ihrem Schlafanzug angehabt, als sie hinunterging. Die Nacht war kalt und neblig, bestimmt hätte sie sich in diesem Aufzug nicht vors Haus gewagt.

»Haben Sie die Polizei verständigt?« fragte Mr. Reeder.

Lizzie, die noch immer weinte, schüttelte ratlos den Kopf.

»Mutter wollte es nicht haben. Sie sagte, es wäre so peinlich ...«

Darum kümmerte sich Mr. Reeder nun nicht im geringsten. Er ging zum Telefon und rief die nächste Polizeiwache an. Glücklicherweise traf er den Inspektor an, dem der Bezirk unterstand, und verabredete mit ihm, daß er ihn in der Wohnung der Pantons in der Friendly Street treffen wolle. Als er sich dann mit Lizzie auf den Weg dorthin machte, rückte sie mit der Sprache über etwas heraus, wovon sie ihm bis jetzt noch kein Wort gesagt hatte.

»Natürlich war es eine große Überraschung für uns alle, daß sie plötzlich so viel amerikanisches Geld erhielt.«

Mr. Reeder blieb stehen.

»Amerikanisches Geld?« fragte er verwundert. »Davon haben Sie mir ja noch gar nichts gesagt!«

»Ja, echte amerikanische Dollarscheine«, entgegnete Lizzie. Es waren fünfundzwanzig Banknoten zu je tausend Dollar! Wir alle waren so überrascht – noch niemals hatten wir soviel Geld in Händen gehabt!«

»Das ist sehr wichtig«, sagte Mr. Reeder ernst. »Erzählen Sie mir genau, wie Sie das Geld erhalten haben.«

»Wir erhielten es in einem Eilbrief, der nicht einmal eingeschrieben war. Gestern morgen in aller Frühe brachte ihn ein Postbote. Ena hat meiner Mutter und mir nichts davon gesagt, daß ihr Ernie schon vorher geschrieben hatte und ihr in seinem Brief das Eintreffen eines Geldbetrages ankündigte. Er hatte sie gebeten, keinem Menschen etwas davon mitzuteilen.«

»War bei der Geldsendung ein weiteres Schreiben von Ernie?«

»Nein, nur ein Blatt von einem Notizblock. Er hatte es unter das Gummiband gesteckt, mit dem die Banknoten zusammengehalten wurden. Es stand darauf: ›Sag keinem Menschen etwas davon, auch nicht Lizzie.‹ Ich kann Ihnen den Zettel später zeigen.«

»Und was hat Ihre Schwester mit dem Geld gemacht?«

Lizzie dachte einen Augenblick nach.

»Ich weiß gar nicht genau ... Ach so, jetzt fällt es mir wieder ein. Sie hat es unter das Kopfkissen gesteckt, bevor sie ins Bett ging.«

»Wo war der Brief aufgegeben? Haben Sie den Poststempel gesehen?«

»In London. Ich machte Ena noch besonders darauf aufmerksam, daß er auf dem Postamt London W. aufgegeben worden war – und zwar am Abend vorher. Ena wunderte sich darüber, daß Ernie in London war und sie nicht einmal besuchte.«

Mr. Reeder fragte noch verschiedenes, bekam aber nicht mehr viel heraus. Lizzie blieb dabei, daß auf dem Zettel nichts weiter gestanden hätte als die Mahnung, keinem Menschen etwas davon zu sagen.

»Sie werden ihn ja noch selbst sehen, auch den Briefumschlag. Ena hat das Geld darin gelassen.«

Als sie in der Wohnung der Pantons ankamen, fanden sie dort bereits den Polizeiinspektor des Bezirks mit einem seiner Beamten vor. Der Inspektor stellte an die Mutter, die völlig verstört schien, gerade die üblichen Fragen.

Mr. Reeder begrüßte ihn kurz und stieg dann sofort die Treppe zu dem gemeinsamen Schlafzimmer der beiden Mädchen hinauf.

Ohne weiteres ging er auf das Bett zu, das ihm Lizzie bezeichnete, und schob das Kissen zurück.

Das Zimmer war noch nicht aufgeräumt worden, und er konnte deutlich den Kopfabdruck Enas auf dem Kissen erkennen. Darunter aber fand er nichts – weder den Briefumschlag noch das Geld. Er hob die Matratzen hoch – nichts. Ebensowenig lagen die Banknoten in der Kommode, in der Ena ihre Schmucksachen aufbewahrte.

»Nein, sie hat das Geld bestimmt nicht in eine Schublade gelegt«, erklärte Lizzie, die sich ganz sicher zu sein schien. »Ich weiß ganz genau, daß sie es unter das Kissen geschoben hat, bevor sie schlafen ging. Sie sagte noch im Spaß, das wäre sicherer, als es auf die Bank zu bringen.«

Mr. Reeder verzog kummervoll das Gesicht.

»Haben Sie Ihre Schwester gesehen, als sie das Zimmer verließ? Hatte sie etwas in der Hand?«

Lizzie konnte darüber beim besten Willen keine genaue Auskunft geben. Sie erinnerte sich nur noch daran, daß Ena in der offenen Tür stand und mit ihr sprach. Aus tiefem Schlaf hochgeschreckt, war sie so benommen gewesen, daß sie sich nicht einmal genau auf Enas Worte besinnen konnte.

»Ich schlafe immer so fest! Es ist auch durchaus möglich, daß Ena das Fenster öffnete und sich einige Zeit mit jemand auf der Straße unterhielt, ohne daß ich es merkte. Auf jeden Fall stand das Fenster offen, und ich wachte wahrscheinlich mehr durch den kalten Luftzug, als durch ein Geräusch auf.«

Eines war Mr. Reeder klar – der Mann, der mit Ena gesprochen hatte, mußte ihr gesagt haben, daß sie die fünfundzwanzigtausend Dollar herunterbringen solle.

Aber wer war dieser Mann? War es Ernie gewesen? Oder hatte sonst noch jemand solchen Einfluß auf sie, daß sie ihm auf seinen bloßen Wunsch hin das Geld mitten in der Nacht aushändigte?

Mr. Reeder ließ den Polizisten rufen, der während der fraglichen Zeit in dem Bezirk Streifendienst gehabt hatte. Der Beamte konnte wenigstens einige Angaben machen.

Vor Pantons Haus hatte er einen Wagen gesehen, der dort parkte, und angenommen, daß er einem Arzt gehöre. Für gewöhnlich hielten in der Friendly Street nachts nur selten Autos. Der Polizist hatte den Eindruck gehabt, daß zwei Personen im Wagen saßen, aber mit Sicherheit konnte er das nicht behaupten.

Als er auf seinem Rundgang das nächstemal an der Stelle vorbeikam, sah er das Auto nicht mehr.

Mr. Reeder stellte fest, daß das etwa eine Viertelstunde nach Enas Verschwinden gewesen sein mußte.

Einige Beamte suchten jetzt die Straßen ab und fanden einen weiteren Anhaltspunkt – Enas Pantoffel. Man entdeckte ihn etwa auf der Hälfte des Weges zwischen der Haustür und der Stelle, an der das Auto gehalten hatte. Der Polizeiinspektor brachte ihn ins Haus und untersuchte ihn eingehend, aber er konnte höchstens den Schluß daraus ziehen, daß Ena den Pantoffel verloren hatte, als sie sich von jemand freizumachen versuchte.

Mr. Reeder stimmte ihm bei.

»Ich bin ganz sicher, daß sie nicht freiwillig mitgegangen ist«, erklärte er besorgt.

Und mit dieser Annahme hatte er auch recht.

4

Ena Panton konnte nicht sofort einschlafen, als sie sich zu Bett gelegt hatte. Dazu war sie viel zu aufgeregt. Sie wunderte sich immer mehr über Ernies Verhalten. Natürlich hatte sie ihn gern, aber man konnte beim besten Willen nicht behaupten, daß sie sehr verliebt in ihn war.

Ernie wirkte nicht besonders männlich und machte eigentlich nur durch seine große Anhänglichkeit Eindruck auf sie. Sie wußte, daß er sie liebte, und das schmeichelte ihr.

Es war ihr angenehm, daß ein gutaussehender und vor allem reicher junger Mann sich um sie bemühte, und als er ihr dann die teuren Geschenke brachte, war sie gerührt und glücklich.

Aber sie hatte sich eben doch niemals richtig in diesen jungen Mann mit der gepflegten Frisur und dem kleinen Schnurrbart verliebt. Nun war es allerdings für sie plötzlich von allergrößter Bedeutung geworden, denn unter ihrem Kopfkissen lag ein Vermögen. Sie tastete mit der Hand danach und vergewisserte sich, daß der Briefumschlag mit den Banknoten tatsächlich noch vorhanden war und daß sie nicht geträumt hatte.

In Gedanken malte sie sich aus, was sie mit dem Geld anfangen wollte.

So verging die Zeit, und sie lag noch hellwach, als etwas gegen die Fensterscheibe klirrte. Schnell stand sie auf und zog den Vorhang zurück. Sie tat es vorsichtig, damit ihre Schwester nicht aufwachen sollte.

Als sie sich aus dem Fenster lehnte, und hinunterschaute, entdeckte sie ein Auto, das in einiger Entfernung hielt. Unten stand ein Mann mit hochgeschlagenem Mantelkragen.

»Sind Sie's, Ena?« fragte er mit gedämpfter Stimme.

»Wer ist da?« erwiderte sie leise.

»Ich bin Jack – Ernies Bruder.«

Sie hörte das erste Mal, daß Ernie einen Bruder hatte.

»Was gibt es denn?«

»Ernie möchte Sie sprechen. Er wartet im Wagen. Können Sie einen Augenblick herunterkommen?«

Sie zögerte und sah sich nach ihrer Schwester um, aber Lizzie schlief fest.

»Ich möchte eigentlich nicht«, sagte sie. »Können Sie mir denn nicht sagen, was er will?«

»Es handelt sich um das Geld«, erwiderte der Mann drängend. »Bringen Sie es mit hinunter, ich werde Ihnen alles erklären. Die Polizei ist hinter Ernie her, und es ist möglich, daß auch Sie gesucht werden.«

Ena, die sich noch nie hatte etwas zuschulden kommen lassen, erschrak heftig. Sie hatte sich auch schon Gedanken gemacht, wie Ernie zu einer so großen Summe kam, und sich gefragt, ob er das Geld auf ehrliche Weise erworben hätte.

»Ich komme«, sagte sie ängstlich, schlüpfte in Morgenrock und Pantoffeln, zog den Umschlag mit den Banknoten unter dem Kopfkissen hervor und lief zur Tür.

Vorher hatte sie Licht gemacht, und Lizzie wachte auf.

»Ernie will mich sprechen, er ist draußen«, flüsterte sie und lief die Treppe hinunter.

Sie nahm die Sicherheitskette von der Haustür, schloß auf und öffnete.

Dicht vor ihr stand ein Mann, der sie in den Flur zurückdrängte, und bevor Ena noch wußte, was geschah, legte sich ein starker Arm um sie und eine Hand preßte ihr Mund und Nase zu.

»Wenn Sie schreien, bringe ich Sie um«, zischte ihr der Fremde ins Ohr.

Sie war vor Schreck wie gelähmt und konnte nicht den geringsten Widerstand leisten. Willenlos ließ sie sich auf die Straße hinausführen, und erst als sie mit dem nackten Fuß auf das feuchte Straßenpflaster trat und merkte, daß sie einen Pantoffel verloren hatte, kam sie wieder zu sich. Der Mann hielt ihr immer noch Mund und Nase zu, und mit einer verzweifelten Anstrengung suchte sie sich zu befreien. Es half ihr nichts; er hob sie einfach auf und lief mit ihr zu einem wartenden Wagen.

Der Chauffeur hatte die Tür bereits geöffnet, und nachdem der Fremde sie unsanft hineingeschubst hatte, stieg er selbst ein und setzte sich an ihre Seite.

»Vergessen Sie nicht – wenn Sie Lärm machen, dann breche ich Ihnen das Genick. Das ist kein Scherz!«

Verstört und zitternd lehnte sie sich in eine Ecke zurück.

Er zog schwarze Vorhänge vor den Wagenfenstern vor, und gleich darauf setzte sich das Auto in Bewegung.

Sie hatte keine Ahnung, wohin die Fahrt ging, sie fühlte nur, daß sie bergaufwärts fuhren; möglicherweise in Richtung Lewisham.

Leise begann sie vor sich hin zu weinen, ohne daß ihr Begleiter Notiz davon genommen hätte. Dann fiel ihr plötzlich ein, daß er ihr den Briefumschlag mit den fünfundzwanzigtausend Dollar aus der Hand gerissen hatte.

»Was haben Sie mit dem Geld gemacht, Sie gemeiner Kerl! Sie sind ja gar nicht Ernies Bruder – er hat gar keine Geschwister!«

Der Mann lachte trocken.

»Was wissen Sie denn von Ernie und seinen Verwandten?« sagte er gleichgültig. »Und was das Geld betrifft – das ist in Sicherheit, ich habe es in der Tasche. Zuviel habe ich schon durch die Dummheit dieses Kerls verloren.«

»Wo ist Ernie?«

Darauf erhielt sie keine Antwort.

»Was wollen Sie denn mit mir anfangen?« fragte sie nach einem langen, bedrückenden Schweigen.

»Das hängt ganz von Ihnen ab. Wenn Sie das tun, was ich Ihnen sage, wird Ihnen nicht viel passieren: Sie werden einen Brief an Ihre Mutter oder an Ihre Schwester – vielleicht auch an Mr. Reeder schreiben. Darin teilen Sie mit, daß Sie mit Ernie ins Ausland gereist und sehr glücklich mit ihm sind. In einem Jahr werden Sie zurückkommen, und ...«

»Ich denke nicht daran, ins Ausland zu fahren; weder mit Ihnen noch mit Ernie!« entgegnete sie heftig. »Man wird Sie festnehmen und einsperren. Was Sie gemacht haben, ist Entführung!«

»Sie sind so wenig intelligent«, erwiderte er ironisch, »daß Sie das durch ein hübsches Gesicht ausgleichen müssen. Sonst würde sich ein Mann wie Mr. Reeder bestimmt nicht mit Ihnen abgeben.«

Das brachte sie auf einen Gedanken.

»Mr. Reeder wird mich finden – er weiß alles, auch über Ernie. Ich habe ihm die Briefe gegeben, die Ernie mir geschrieben hat.«

»Was waren das für Briefe?« fragte der Mann schnell. Sie merkte, daß sie einen Fehler gemacht hatte.

»Ich meine den einen, den er von Birmingham aus schrieb.«

Sie hörte, daß er schnell atmete.

»Hat er Ihnen von Birmingham aus geschrieben? Stand ein Absender auf dem Brief?«

Als sie zögerte, war er sichtlich erleichtert.

»Es stand also keine Adresse darauf«, sagte er dann. »Und Reeder hat diesen Brief?«

Als sie nicht antwortete, packte er sie an den Schultern und schüttelte sie grob.

»Wenn ich Sie etwas frage, haben Sie zu antworten. So, und nun erzählen Sie mir genau, was Reeder weiß.«

Sie fürchtete sich vor ihrem Begleiter und begann wieder zu schluchzen.

»Lizzie hat die Briefe zu Mr. Reeder gebracht, und er hat sie über allerhand ausgefragt. Er wollte auch wissen, ob Ernie jedesmal mit der Feder Kringel in der Luft machte, bevor er anfing, etwas zu schreiben.«

»So, hat er das gefragt? Der alte schlaue Fuchs!«

Es war ihr klar, daß sie vorsichtiger sein mußte.

»Es ist gemein von Ihnen, mich fortzuschleppen. Sie werden deshalb ins Gefängnis kommen ...«

»Darüber brauchen Sie sich nicht den Kopf zu zerbrechen«, entgegnete er kurz. »Berichten Sie mir lieber, was Mr. Reeder sonst noch gesagt hat.«

Er merkte aber bald, daß aus ihr nicht mehr viel herauszuholen war.

»Weiß er auch von dem Geld, das Sie gestern morgen erhielten?«

»Nein. Aber Lizzie wird ihm das schon erzählen, darauf können Sie sich verlassen.«

»Ist sie aufgewacht, als Sie fortgingen?« fragte er hastig.

»Ja, sie war wach, und ich glaube bestimmt, daß sie aus dem Fenster sah. Sicher hat sie sich die Nummer Ihres Wagens aufgeschrieben. Seien Sie doch vernünftig, sagen Sie, daß alles nur ein Scherz war und bringen Sie mich wieder nach Hause.«

»Ich mache keine Scherze – Sie täuschen sich, wenn Sie das annehmen.«

Lange Zeit sprachen sie daraufhin nicht mehr miteinander.

Der Wagen fuhr jetzt mit höchster Geschwindigkeit, und Ena fragte wieder, wohin die Fahrt ginge.

»Ich bringe Sie zu einem hübschen, ruhigen Haus auf dem Land. Dort bekommen Sie ein komfortables Zimmer, und wenn Sie klug sind, regen Sie sich dann nicht weiter auf, sondern vertreiben sich die Zeit mit Handarbeiten. Morgen besorge ich Ihnen Kleider, und falls Sie keinen Fluchtversuch machen, werden Sie in jeder Hinsicht anständig behandelt. Sollten Sie aber doch wagen, sich zu entfernen ...«

Er beendete den Satz nicht, aber seine Worte klangen auch so drohend genug.

Für Ena war die Aufregung zuviel gewesen. Eine lähmende Müdigkeit überkam sie, und sie sank während der letzten halben Stunde der Fahrt in einen ohnmachtähnlichen Schlummer.

Erst als der Wagen plötzlich hielt, wachte sie auf. Ihr Begleiter band ihr einen Schal um die Augen, zog sie aus dem Wagen und führte sie in ein Gebäude.

Die Luft im Innern roch dumpf und muffig, als ob das Haus lange nicht bewohnt gewesen wäre.

Er schob sie eine Treppe hinauf, die sehr breit sein mußte, denn als sie tastend die Hand ausstreckte, fand sie weder an einem Geländer noch einer Wand Halt.

In einem kleinen Raum nahm er ihr den Schal von den Augen und ließ sie allein. Zitternd vor Kälte setzte sie sich auf den einzigen Stuhl, den sie sah.

Gleich darauf kam er zurück und brachte sie in ein größeres Zimmer, in dem ein Bett stand. Vor den Fenstern waren feste Holzläden angebracht. Die Wände waren offensichtlich erst kürzlich tapeziert worden. Durch eine offene Tür sah sie in ein kleines Bad, das überhaupt keine Fenster zu haben schien.

»Ich bringe Ihnen jetzt noch etwas zu essen. Morgen können Sie dann Bücher bekommen, damit es Ihnen nicht zu langweilig wird und auch was Sie sonst noch so brauchen.«

Sie sah ihn jetzt im Schein der grellen Deckenbeleuchtung zum erstenmal genauer an. Er war groß und schlank und machte eigentlich einen ganz sympathischen Eindruck.

Jetzt hatte auch Hymie Higson Gelegenheit, Ena eingehender zu betrachten – er war erstaunt über Ernies guten Geschmack.

»Wirklich, Sie sehen gar nicht so übel aus. Sehr intelligent sind Sie deswegen natürlich trotzdem nicht«, erklärte er um einige Schattierungen freundlicher.

»Was fällt Ihnen ein ...«

»Na, vielleicht lernen Sie ein wenig dazu, wenn Sie sich längere Zeit hier aufhalten. Inzwischen verspreche ich Ihnen, daß Ihnen nichts passiert, wenn Sie vernünftig sind. Sie werden bewacht, denken Sie bitte daran – vor ihrem Fenster und im Haus hält sich immer jemand auf, der auf Sie aufpaßt. Versuchen Sie es also erst gar nicht, hier herauszukommen.«

Damit verließ er das Zimmer, kam aber schon nach zehn Minuten mit einem Tablett wieder, auf dem eine Kanne mit heißem Tee und belegte Brote aufgebaut waren.

»Noch etwas«, sagte er ernst und stellte das Tablett vor sie hin. »Vielleicht wissen Sie, daß auf Entführung eine Mindeststrafe von zehn Jahren Zuchthaus steht. Das sollte ihnen klarmachen, daß wir vor nichts zurückschrecken. Ich habe Ihnen schon zu Beginn unserer – hm – Bekanntschaft erklärt, wie rücksichtslos ich mich im Notfall gegen Sie benehmen müßte. Vielleicht würde es mir jetzt, nachdem ich gesehen habe, wie hübsch Sie sind, ein wenig schwerer fallen, Ihnen den Hals zuzudrücken – aber bilden Sie sich bloß nicht ein, daß ich deswegen davon Abstand nehmen würde!«

Seine gepflegte Redeweise stand in einem schroffen Gegensatz zu diesen groben Andeutungen.

Plötzlich fiel es ihr wie Schuppen von den Augen – das war ja der Mann mit dem falschen Schnurrbart, der sie in ihrer Wohnung aufgesucht hatte! Sie sagte ihm ihre Vermutung auf den Kopf zu.

Er nickte lächelnd.

»Stimmt. Sie haben sich mein Gesicht besser gemerkt, als ich mir das Ihrige. Es war so dunkel in Ihrem Hausflur! Damals wollte ich Ihnen helfen, Sie wußten es nur nicht. Wenn Ihre Schwester nicht zu diesem verdammten Kerl, diesem Reeder gelaufen wäre und alles ausposaunt hätte, wären Sie jetzt nicht in einer so unangenehmen Lage. Ich hätte nicht einmal etwas dagegen gehabt, daß Ihnen Ernie das Geld schickte. Schließlich haben Sie ja ein gewisses Recht auf einen Anteil.«

Sie verstand den Sinn seiner Worte nicht, war vorsichtig und schwieg.

Er ging fort und ließ sie allein. Erst wartete sie noch ein wenig, aber nach einigem Zögern trank sie den Tee und aß die Brote.

Sie sah durch die Ritzen der Fensterläden, daß es hell wurde; dann legte sie sich auf das Bett, zog die Decke über sich und schlief ein.

Sie mußte sehr erschöpft gewesen sein, denn als sie wieder aufwachte, war es bereits wieder dunkel geworden. Sie drehte das Licht an und drückte auf einen Klingelknopf, den Hymie ihr gezeigt hatte.

Es verging einige Zeit, bis sich jemand meldete, und als sich die Tür öffnete, erschien Hymie selbst mit einem Tablett.

»Es tut mir leid, daß Sie so lange warten mußten«, sagte er freundlich und ein wenig ironisch. »Aber ich bin hier Koch und Gefangenenwärter in einer Person. Wir haben auch kein Zimmermädchen, das Sie bedienen könnte, aber ich bringe Ihnen jedenfalls das Beste, was uns hier zur Verfügung steht.«

Auf dem Tablett sah sie gekochte Eier, frisches Brot und Butter. Ena war jung und gesund und entwickelte einen guten Appetit.

Er verließ das Zimmer wieder und kam gleich darauf mit einigen Kleidungsstücken zurück, die er auf das Bett warf.

»Sie sind alle neu. Es hat uns einige Mühe gemacht, das Zeug in verschiedenen Läden Londons zu besorgen. Ich nehme nämlich an, daß dieser verdammte Reeder alle Geschäfte gewarnt hat. Wenn wir so dumm gewesen wären, alles in einem Geschäft zu kaufen, so hätten sie uns bestimmt gefaßt. Also, nun schauen Sie, wie Sie damit zurechtkommen«, meinte er gutgelaunt.

»Sind Sie Amerikaner?« fragte sie.

Er lächelte und zeigte dabei eine Reihe guterhaltener Zähne.

»Ich bin in England geboren, aber in Amerika erzogen worden. Meinen achtzehnten Geburtstag habe ich in einer amerikanischen Anstalt namens Sing-Sing gefeiert. Vielleicht haben Sie schon davon gehört?«

»Meinen Sie das berühmte Gefängnis?«

Er lachte schallend.

»Es wundert mich, daß Sie das wissen. Wahrscheinlich kennen Sie den Ort vom Kino her. Ja, mein Kind, ich saß in Sing-Sing und war zum Tode verurteilt. Aber rechtzeitig kam dann eine allgemeine Amnestie heraus. So war ich gerettet. Im Krieg habe ich mich dann freiwillig gemeldet und bin mit Auszeichnungen heimgekehrt.«

Er deutete mit der Hand auf die Kleider.

»Ich habe Ihnen alles gebracht, was eine Dame braucht. Hoffentlich habe ich nichts vergessen! Wenn Ihnen etwas fehlen sollte, dann sagen Sie es mir ruhig. Ich werde dann versuchen, es Ihnen noch zu beschaffen.«

Als er hinausgegangen war, schob sie den Riegel vor und zog sich an. Das Kleid paßte ausgezeichnet, und wenn auch die Schuhe ein wenig zu groß waren, fühlte sie sich jetzt doch wohler und sicherer.

Hymie kam nach einiger Zeit zurück und rüttelte an der Tür.

»Das habe ich ja ganz übersehen«, sagte er, als sie ihn hereingelassen hatte.

Er ging hinaus und rief nach jemand.

Gleich darauf tauchte ein Mann auf, der den Riegel losschraubte, ohne sich viel um Ena zu kümmern.

»Durchaus unnötig, daß Sie sich einschließen«, erklärte Hymie. »Ich habe es Ihnen ja schon ein paarmal gesagt – wenn Sie vernünftig sind, passiert Ihnen nicht das geringste. Und sollten Sie irgend etwas im Schilde führen, dann wird Ihnen auch der Riegel nichts helfen.«

5

Mr. Reeder behauptete zwar immer, daß er sich ohne weiteres in die Gedankengänge eines Verbrechers versetzen könne, aber selten wurde es so deutlich, daß er damit recht hatte, wie in den zwölf Stunden, die dem Verschwinden Ena Pantons folgten.

Er hatte einen Verdacht, ja, er war sich seiner Sache sogar ganz sicher – aber Scotland Yard ist nun einmal sehr vorsichtig. Bevor sich die ein wenig schwerfällige Maschinerie dieser Behörde allmählich in Gang setzt, darf auch nicht mehr der geringste Zweifel bestehen. So machen es sich die Kriminalbeamten, die verdächtige Personen beschatten müssen, zur Regel, für den Verdächtigen wirklich völlig unsichtbar zu bleiben. Das hemmt natürlich in gewisser Weise die Nachforschungen.

Aber Mr. Reeder war ja kein Beamter von Scotland Yard, wenn er auch in vielen Fällen mit dieser Behörde eng zusammenarbeitete.

Er hatte eine längere Unterredung mit seinem unmittelbaren Vorgesetzten, dem stellvertretenden Staatsanwalt, und der sagte natürlich genau das, was Mr. Reeder erwartet hatte: Man solle alle feststehenden Tatsachen Scotland Yard melden.

Leider gähnte zwischen den Vermutungen Mr. Reeders und feststehenden Tatsachen eine tiefe Kluft. Letzten Endes hätte er nur eine Tatsache melden können, die unbedingt feststand: daß eine kleine Stenotypistin nur mit Schlafanzug und Morgenrock bekleidet mitten in der Nacht ihre Wohnung verlassen hatte und seitdem verschwunden war.

Er konnte noch nicht einmal mit Sicherheit sagen, daß die Gesuchte im Besitz von fünfundzwanzigtausend Dollar gewesen war. Nichts konnte er als Beweis dafür angeben, nur die Aussage ihrer Schwester. Und Lizzie hatte selbst zugegeben, daß sie nicht viel von ausländischen Banknoten verstand!

Scotland Yard würde ihn wahrscheinlich höflich darauf aufmerksam machen, daß es durchaus kein aufsehenerregendes Ereignis wäre, wenn ein hübsches junges Mädchen mangelhaft bekleidet das Haus ihrer Eltern verläßt, um mit irgendeinem Galan das Weite zu suchen. Die Sache würde sich vermutlich als eine ganz harmlose Angelegenheit entpuppen.

Inspektor Grayson von Scotland Yard beriet mit Mr. Reeder.

»Es besteht immerhin die Möglichkeit«, meinte er, »daß mehr dahintersteckt, als wir im Augenblick beurteilen können. Andererseits wissen Sie aber auch, wie verrückt sich diese jungen Mädchen manchmal benehmen. Es könnte doch sein, daß Ena Panton sich heimlich angezogen und nur auf ihren Freund gewartet hat. Die Tatsache, daß ihre Kleider im Schlafzimmer gefunden wurden, besagt noch nicht viel, denn sie könnte sich ja für dieses Abenteuer neu ausgestattet haben. Sie ist in der Vermißtenliste dieses Jahres unter der Nummer 673 aufgeführt, und von diesen Vermißten sind schon mindestens fünfhundert wieder aufgetaucht, die alle reumütig zurückkehrten. Die Sache mit den fünfundzwanzigtausend Dollar ist mir allerdings auch ein Rätsel, aber ich glaube, daß ich die Lösung bereits gefunden habe.«

Er holte einen Zeitungsausschnitt aus der Tasche, der die Banknotenfunde in der Nähe von Farnham behandelte.

»Sehen Sie, daher kommt das Gerede von dem Geld. Wahrscheinlich hat sie den Artikel in der Zeitung gelesen und die Geschichte dann einfach erfunden. Sie wissen ja selbst, was für unglaubliche Dinge die Leute manchmal erzählen. Dazu kommt dann meist noch eine krankhafte Geltungssucht, die sie dazu treibt, sich auf irgendeine Weise interessant zu machen.«

Mr. Reeder seufzte. Er hatte Hymie Higson eigentlich nur bluffen wollen, als er ihn mit den Dollarnoten auf dem Heuschober in Verbindung brachte. Seine lebhafte Phantasie schien ihm wieder einmal einen Streich gespielt zu haben. Am liebsten hätte er noch einmal mit Higson gesprochen, denn er konnte auch jetzt noch nicht glauben, daß der Mann mit der Sache nichts zu tun hatte ... Ob Higson wohl das junge Mädchen entführt hatte? Reeder fragte sich nach den Gründen für eine solche Tat, fand aber keine befriedigende Antwort.

Er setzte sich an seinen Schreibtisch und begann aufs neue, sich phantastische Geschichten auszudenken, worin er jedem der Beteiligten das Schlechteste zutraute. Er suchte bei allen, die seiner Meinung nach mit dem Fall in Verbindung standen, nach Motiven.

Immerhin war es nicht ausgeschlossen, daß Ena wieder auftauchte und durch ihr Erscheinen alle seine Theorien widerlegte. Er hatte ja nur die Aussagen Lizzies zur Verfügung, die noch dazu halb im Schlaf gewesen war. Wahrscheinlich konnte man sich nicht alllzusehr auf ihre Angaben verlassen, denn auch Lizzie besaß eine außerordentlich lebhafte Phantasie.

Eines jedoch stand für ihn fest: Der Schlag, den er erwartete, würde wie ein Blitz aus heiterem Himmel kommen und mehreren großen Banken einen gewaltigen Schrecken einjagen.

*

Als Reeder am nächsten Morgen sein Büro betrat, wurde er sofort zu seinem Vorgesetzten gerufen.

»Ich möchte, daß Sie gleich in die Stadt gehen und Sir Wilfred Heinhell aufsuchen. Die Sache eilt und ist sehr wichtig. Fahren Sie also nicht mit dem Bus, sondern nehmen Sie ein Taxi.«

»Sie können sich darauf verlassen, daß ich den schnellsten Weg wähle«, erwiderte Mr. Reeder.

Und dann fuhr er mit der U-Bahn.

In dem großen, luxuriös ausgestatteten Vorzimmer zu dem Büro Sir Wilfreds erwartete man ihn bereits. Zwei Geschäftsführer und ein Prokurist geleiteten ihn in den fürstlich eingerichteten Arbeitsraum des Bankgewaltigen.

»Mr. Reeder, Sir«, stellten sie den Detektiv vor und zogen sich dann auf einen Wink ihres Chefs hin diskret zurück.

Sir Wilfred, der Mr. Reeder ja bereits kannte, ging nervös auf dem kostbaren Perserteppich hin und her. Immer wieder fuhr er sich mit der Hand durchs Haar, das bereits dementsprechend zerzaust war. Außerdem sah er aus, als ob er schon eine Woche lang nicht mehr geschlafen hätte.

»Nehmen Sie bitte Platz, Mr. Reeder«, begann er schließlich mit Grabesstimme. »Es ist etwas Furchtbares geschehen. Wie recht hatten Sie mit Ihrer Warnung! Sie erwähnten doch bei unserer letzten

Unterhaltung, daß meine Geschäftsmethoden veraltet seien. Natürlich widersprach ich Ihnen – aber leider haben sich Ihre Worte nur zu sehr bewahrheitet!«

Er machte eine Bewegung mit den Händen, die seine ganze Verzweiflung ausdrücken sollte.

Mr. Reeder setzte sich vorsichtig auf die Kante eines Sessels und klemmte seinen zusammengerollten Schirm zwischen die Beine. Die Hände auf den Griff gelegt und das Kinn darauf gestützt, wartete er ab, was Sir Wilfred ihm sonst noch anvertrauen würde.

»Ich wiederhole – als Sie mir damals sagten, daß die Geschäftsmethoden einer der Bankfirmen, die ich kontrolliere, veraltet und überholt seien, habe ich Ihnen nicht geglaubt, vielleicht war ich sogar ein wenig unhöflich zu Ihnen ...«

»Ich kann Ihnen nicht widersprechen«, unterbrach ihn Mr. Reeder.

»Das tut mir außerordentlich leid – bitte nehmen Sie meine Entschuldigung an. Es ist etwas ganz Schreckliches geschehen – noch niemals hat sich in einer Bank ein derartiger Fall ereignet. Ein Riesenvermögen ist uns gestohlen worden – nicht hier in London, Mr. Reeder, sondern ...«

Er machte eine Pause, um Luft zu schöpfen.

»Doch nicht etwa in Birmingham?« erkundigte sich Mr. Reeder bedächtig.

Sir Wilfred sah ihn völlig entgeistert an.

»Wie kommen Sie denn auf Birmingham? Ich habe doch noch keiner Menschenseele mitgeteilt, wo sich das Unglück zugetragen hat – weder der Staatsanwaltschaft noch meinen Direktoren. Aber Sie haben recht, es ist in Birmingham passiert!«

Mr. Reeder nickte gewichtig.

»Einer Ihrer Angestellten hat Sie betrogen, nicht wahr? Wie sein Nachname lautet, kann ich nicht sagen, aber mit Vornamen heißt er höchstwahrscheinlich Ernest.«

Sir Wilfred sank in den nächsten Stuhl.

»Was, Sie wußten das?« fragte er fassungslos. »Sie wußten, daß man uns berauben wollte? Der Mann heißt tatsächlich Ernest – Ernest Graddle. Ein entsetzlicher Name! Ich kann ihn nicht mehr hören! Wenn mein Geschäftsführer in Birmingham auch nur einen Funken Verstand gehabt hätte, wäre der Kerl schon seines Namens wegen nicht eingestellt worden!

Dieser Ernest Graddle war nur ein kleiner Angestellter, der in der Woche ein paar Pfund verdiente. Er hat die Bank in den letzten zwölf Monaten systematisch betrogen. Im Anfang schaffte er nur kleine Summen beiseite, aber mit der Zeit wurde er frecher, bis er schließlich einen Betrag von fünfundachtzigtausend Pfund entwendete – stellen Sie sich das einmal vor, fünfundachtzigtausend Pfund!«

Auf Mr. Reeder machte das alles keinen besonderen Eindruck.

»Ich dachte mir gleich, daß es sich um eine ähnliche Summe handeln würde. Wie groß ist denn der Gesamtschaden, den Sie durch Graddle haben?«

»Dreihundertundzehntausend Pfund«, entgegnete Sir Wilfred heiser. »Es ist einfach unglaublich! Und der Mann hat das mit einem ganz plumpen Trick geschafft. Einer unserer Kunden, der sehr vermögend ist, läßt stets große Summen auf seinem Bankkonto stehen, anstatt das Geld in Wertpapieren anzulegen. Manchmal bis zu einer halben Million Pfund. Obwohl die Banken in England im allgemeinen derartige laufende Konten nicht verzinsen, haben wir in seinem Fall eine Ausnahme gemacht und ihm drei Prozent zugebilligt.

Dieser Graddle hat nun alles Geld von diesem Konto abgehoben. Ich hatte schon mehrmals die Befürchtung ausgesprochen, daß unser Kunde nicht ganz bei Verstand sei, denn kein normaler Mensch würde doch einen derartig hohen Betrag auf seinem Konto stehenlassen. Der Geschäftsführer unserer Bank in Birmingham versuchte dann auf meine Veranlassung hin, ihn umzustimmen, aber ohne Erfolg. Und diesem niederträchtigen Kerl, diesem Graddle, gelingt es, das Geld vor unserer Nase zu stehlen! Dabei ist der junge Mann kaum trocken hinter den Ohren. Es ist unerhört! Wie gesagt, ein ähnlicher Fall ist in der Geschichte des Bankwesens noch nicht vorgekommen!«

Mr. Reeder wußte, daß noch unglaublichere Dinge passiert waren, aber er schwieg.

»Hoffentlich leidet der gute Ruf der Bank nicht darunter?« fragte er dann.

Sir Wilfred fuhr empört auf.

»Wie sollte denn das den guten Ruf unserer Bank beeinträchtigen können! Ich bitte Sie, das ist doch wohl kaum anzunehmen!« Er faßte sich wieder. »Erlauben Sie mal, wir haben mindestens zehn Millionen Reserve! Die dreihunderttausend Pfund bedeuten für uns nicht mehr als ein Flohstich! Wenn man natürlich andererseits die nackten Zahlen nimmt, so ist es doch ein ziemlicher Verlust.«

Sir Wilfred hätte sich gern noch länger über die absolut sichere Grundlage seiner Bank verbreitet, aber Mr. Reeder lenkte die Unterhaltung auf praktische Dinge.

»Wann ist die Sache denn herausgekommen?«

»Den Verlust des Geldes entdeckte man vor zwei Tagen, als Ernest Graddle nicht zum Dienst erschien«, berichtete Sir Wilfred. »Der Geschäftsführer in Birmingham glaubte, daß der junge Mann krank sei und schickte einen Boten in dessen Wohnung. Dadurch erfuhr er zum erstenmal, daß Mr. Graddle nur sehr selten zu Hause war und häufig auswärts schlief. Am Abend vorher war er nach London abgereist und hatte alle seine Sachen mitgenommen. Gegen acht Uhr abends erschien er bei seinem Hauswirt, bezahlte die Miete und fuhr dann in einem kleinen schwarzen Auto fort, das man noch nie bei ihm gesehen hatte. Als der Geschäftsführer das hörte, wurde er aufmerksam und ließ die Bücher revidieren; dabei kam man dann den ganzen Unterschlagungen auf die Spur. Graddle hatte die Buchungen für das Bankkonto vorzunehmen, von dem er die Summe abgehoben hatte, und schon nach dreistündiger Revision der Bücher zeigte es sich, daß er dreihunderttausend Pfund unterschlagen hatte. Natürlich wurde sofort die Polizei benachrichtigt, die jetzt Graddle steckbrieflich verfolgt. Und Sie habe ich rufen lassen, Mr. Reeder, weil Sie meine größte Hoffnung sind – bitte übernehmen Sie im Auftrag der Bank die Aufklärung dieses Falles.«

Der Detektiv lächelte.

»Leider wird das nicht gehen«, entgegnete er bedauernd. »Wenigstens nicht in Ihrem Auftrag. Zu Ihrer Beruhigung kann ich Ihnen aber sagen, daß ich von Seiten der Staatsanwaltschaft dazu ermächtigt bin, diesen Fall zu bearbeiten.«

Sir Wilfred war erstaunt. Bis jetzt hatte er immer noch geglaubt, daß Mr. Reeder hauptsächlich als Privatdetektiv tätig sei. Er wußte, daß Mr. Reeder früher mit einem englischen Bankkonsortium zusammengearbeitet hatte und daß er sehr erfolgreich gewesen war.

Mr. Reeder setzte dem Bankier auseinander, was für Schritte er zunächst unternehmen wollte, und Sir Wilfred erklärte sich ohne Zögern mit allem einverstanden.

Der Geschäftsführer, der Kassierer und mehrere Bankangestellte aus Birmingham waren nach London beordert worden, und Mr. Reeder stellte eine Unzahl von Fragen an sie. Der Geschäftsführer war immer noch ganz außer sich, da er fürchtete, daß die Schuld an ihm hängenbleiben würde.

»An und für sich weiß ich von der Sache gar nichts«, erklärte er nervös, »aber die Verantwortung muß ich natürlich trotzdem tragen! Graddle galt als einer unserer fähigsten jungen Leute, und kein Mensch hätte ihm so etwas jemals zugetraut. Wie es überhaupt passieren konnte ...? Ja, Mr. Reeder, da muß ich schon sagen, daß daran einfach unsere veralteten Geschäftsmethoden schuld sind. Ich habe Sir Wilfred schon ein dutzendmal darauf aufmerksam gemacht, daß keine richtige Kontrolle vorhanden ist. Bei diesen Zuständen war es wirklich kein Wunder, daß ein Angestellter, besonders wenn er noch jemand fand, der mit ihm zusammenarbeitete, die Bank so hereinlegen konnte!«

»Hatte Graddle irgendwelche besonderen Eigenschaften?«

Der Geschäftsführer überlegte und sagte dann, daß Graddle Mitglied verschiedener Klubs gewesen sei. Übrigens wäre seine hervorstechendste Eigenschaft gewesen, niemals unangenehm aufzufallen – alle hätten das größte Zutrauen zu ihm gehabt.

»Hat er vielleicht gewettet?«

»Durchaus nicht! Graddle verabscheute jede Art von Glücksspiel und hat sogar zweimal in öffentlichen Versammlungen dagegen gewettert. Auch mit Frauen gab er sich nicht ab, soviel man wußte. Er führte kein ausschweifendes Leben, er trank nicht – wie gesagt, er hatte keinerlei schlimme Angewohnheiten. Nur sehr ehrgeizig war er! Einmal erklärte er mir, daß er, wenn er ein reicher Mann wäre, an der Börse spielen würde wie auf einem Klavier. Seiner Meinung nach konnte man sich leicht ein ungeheures Vermögen erwerben, wenn man nur das nötige Grundkapital besaß.«

»Damit hatte er wahrscheinlich gar nicht so unrecht«, murmelte Mr. Reeder.

»Besonders für Ölaktien interessierte sich Mr. Graddle, obwohl niemand bekannt wir, daß er auch nur einen Shilling bei Spekulationen riskiert hatte. Aber er besuchte Abendkurse am hiesigen Polytechnikum – wie er öfter sagte, hatte er die Absicht, umzusatteln und Petroleumingenieur zu werden.«

Am Wochenende hielt sich Ernest Graddle für gewöhnlich in London auf und verbrauchte bei diesen Besuchen offensichtlich alle seine Ersparnisse. Als man seinen Schreibtisch öffnete, fand man einen ganzen Stoß von Briefen. Fast alle stammten von Leuten, die petroleumfündige Grundstücke anboten. Allem Anschein nach hatte er sich entsprechende Annoncen aus den Zeitungen herausgesucht und regelmäßig um nähere Auskunft gebeten. Vielleicht hatte er nur ein theoretisches Interesse daran und wollte feststellen, wie zahlreich die einzelnen Petroleumvorkommen waren, die auf dem Markt angeboten wurden. Wie gesagt, nicht das geringste sprach dafür, daß er sich an Spekulationen auf diesem Gebiet beteiligt hätte.

Nachdem Mr. Reeder das alles erfahren hatte, dehnte er seine Nachforschungen noch weiter aus.

Bei einer amerikanischen Bank erfuhr er, daß Mr. Graddle dort die letzten fünfundachtzigtausend Pfund in amerikanische Banknoten umgewechselt hatte. Der ganz Betrag war an den jungen Mann, der sich durch einen Empfehlungsbrief der Zentral-Bank auswies und die entsprechende Summe in englischem Geld bei sich hatte, ohne weiteres ausgezahlt worden.

Schon einige Tage vorher hatte die Bank einen schriftlichen Bescheid erhalten, daß ein Kunde eine größere Summe amerikanischen Geldes in bar benötigte, und man hatte sich auf diesen Fall eingerichtet. Die Beschreibung des jungen Mannes paßte natürlich haargenau auf Ernie.

Genaugenommen war das alles ein ganz gewöhnlicher Bankdiebstahl, wie er immer wieder vorkommt. Natürlich war die unterschlagene Summe außerordentlich hoch, aber vor allem in einer Beziehung unterschied sich die Angelegenheit von früheren Fällen.

Dieser Unterschied allerdings war merkwürdig – Ernie hatte nämlich auf den ersten Blick keinen einzigen Charakterfehler, wie sie sonst bei einem leichtsinnigen Angestellten üblich waren; vor allem wettete und spekulierte er nicht. Mr. Reeder allerdings traute diesen Angaben nicht ganz. Schließlich hatte er doch den Brief an Ena gelesen, in dem Petroleum erwähnt wurde. Und ihm war klar, was das zu bedeuten hatte.

In den Zeitungen werden verhältnismäßig viele Petroleumvorkommen zum Kauf angeboten – und leider ist ein Teil dieser Angebote durchaus nicht solide. Es gibt genügend Gauner, die solche Annoncen aufgeben und damit kleine Leute hereinlegen, die möglichst schnell und einfach reich werden wollen. Möglicherweise war es Graddle ähnlich ergangen.

Reeder fragte sich nur: Wer war der Betrüger, der ihn übers Ohr gehauen hatte?

*

Einige Tage später wurde der ganze Inhalt von Ernies Schreibtisch nach London geschickt, und Mr. Reeder prüfte sorgfältig jedes Blatt Papier. Er hatte mehrere Beamte in die Archive einiger großer Zeitungsredaktionen geschickt; sie hatten den Auftrag, alle Annoncen, die von Petroleum handelten, aus den Anzeigenseiten herauszusuchen. Ein Glück, daß das in England und nicht in Amerika geschah, sonst hätte er eine ganze Armee von Angestellten für diese Aufgabe gebraucht.

Ernies Interesse für Petroleum war zum erstenmal vor ungefähr einem Jahr aufgefallen. Wahrscheinlich hatte er Bücher über dieses Thema gelesen, die ihn auf den Gedanken brachten, sich näher damit zu beschäftigen. Ein Werk mit dem Titel ›Weltmacht Petroleum‹ wurde in seiner Wohnung gefunden. Er hatte es eifrig durchgearbeitet, was aus den vielen Randbemerkungen auf jeder Seite ersichtlich war.

Die Korrespondenz Ernies ergab einen stattlichen Aktenordner, in dem die einzelnen Schreiben dem Datum nach geordnet wurden.

Am nächsten Tag sollten alle diese Briefe mit den herausgesuchten Zeitungsanzeigen verglichen werden.

Ein Steckbrief von Mr. Graddle war an jede Polizeidienststelle durchgegeben worden. Vor allem hatte man seine Personenbeschreibung auch allen Autoverleihfirmen mitgeteilt.

Um acht Uhr abends rief der Chef von Scotland Yard Mr. Reeder an.

»Ich glaube, wir haben eine Spur von Graddle gefunden«, sagte er. »Erinnern Sie sich noch an die Nachricht, daß ein ausgebranntes Auto auf der Landstraße in der Nähe von Shrewton gefunden wurde?«

Mr. Reeder wäre fast vom Stuhl gefallen, als er das hörte. Seine phantastische Geschichte, die er aus Langeweile erfunden hatte, schien sich also doch zu bewahrheiten!

»Ja, ich erinnere mich.«

»Das war Graddles Wagen. Dem Besitzer der Reparaturwerkstätte gegenüber, wo er den Wagen gekauft hatte, nannte er sich Stevenson, nach der Personalbeschreibung wurde er aber erkannt, und als ich später einen Beamten mit einer Fotografie Graddles hinschickte, ließ sich jeder Zweifel ausschalten.«

6

Reeder wartete bis drei Uhr morgens auf den Bericht des Beamten, den er mit dem Auftrag, genauere Nachforschungen anzustellen, nach Shrewton geschickt hatte.

Es stellte sich heraus, daß das Auto in Brand gesteckt worden war. Zwei Benzinkanister wurden in einem nahen Gebüsch gefunden, und die Untersuchung der Sachverständigen ergab, daß der Wagen mit Benzin übergössen und durch eine Sprengpatrone mit Spätzünder in Flammen gesetzt worden war. Vermutlich war der Zeitzünder auf eine halbe Stunde Brenndauer eingestellt gewesen.

Das Nummernschild des Wagens war unkenntlich gemacht worden, aber bei genauerer Untersuchung konnte man immerhin noch die Nummer des Motorblocks und des Fahrgestells feststellen.

Stevenson – richtiger Graddle – war auch von dem Wirt eines Gasthauses in Andover auf einer Fotografie, die man ihm vorlegte, wiedererkannt worden. Spät am Abend war er dort mit dem Wagen angekommen. Er hatte einen kleinen Koffer bei sich und bestellte ein Abendessen. Dem Wirt fiel der Mann auf, weil er so bleich und aufgeregt war; einer der Kellner wollte sogar bemerkt haben, daß Graddle sich Tränen aus den Augen wischte.

Nachdem er gezahlt hatte, sagte er, daß er nach Bornemouth weiterfahren wolle – aber dann klappte etwas mit seinem Wagen nicht. Er konnte ihn nicht in Gang bringen und war darüber völlig außer sich. Ein Automechaniker wurde geholt und stellte fest, daß er nur vergessen hatte, die Zündung einzuschalten.

Während er sich im Gasthaus aufhielt, ließ er den Koffer nicht aus den Augen, auch im Auto stellte er ihn direkt neben sich.

Zuerst hatte man gar nicht an diesen aufgeregten Mr. Stevenson gedacht, als man den ausgebrannten Wagen fand. Erst später, als die Polizei das Auto abschleppte und die Nummer des Motorblocks bekanntgab, meldete sich der Besitzer der Reparaturwerkstätte.

Alles stimmte genau mit der Geschichte überein, die sich Mr. Reeder seinerzeit ausgedacht hatte.

Hätte Mr. Graddle die Nerven behalten, so wäre bestimmt nichts von alledem passiert, was sich in jener für ihn verhängnisvollen Nacht zutrug. Man hätte sicher keine Banknoten auf einem Heuschober und in einem Straßengraben gefunden, und auch der Lehrer wäre nicht ums Leben gekommen.

Mr. Reeder hatte von Anfang an vermutet, daß Ernie ein Bankangestellter war. Er nahm auch an, daß er bei der Zentral-Bank arbeitete, denn alle Briefe, die er von ihm zu Gesicht bekommen hatte, waren an der unteren rechten Ecke abgeschnitten gewesen. An dieser ungewöhnlichen Stelle befand sich der Firmeneindruck auf dem Geschäftsbogen der Zentral-Bank.

Immerhin brauchen Bankangestellte nicht gleich Verbrecher zu sein, weil sie Geld haben und jungen Damen teure Geschenke machen.

*

Mr. Reeder nahm sich einen schnellen Polizeiwagen und machte allein eine Entdeckungsfahrt nach Buckinghamshire. Zuvor hatte er sämtliche Akten durchgestöbert, aber nichts Besonderes gefunden. Mr. Mannering, der sich auch Hymie Higson nannte, mußte noch einen anderen Namen besitzen.

Reeder scheute vor keiner Mühe zurück und besuchte die verschiedensten Leute. Auch diesmal hatte er den. Eindruck, am besten dann vorwärtszukommen, wenn er allein arbeitete. Er war nun einmal nicht sehr mitteilsam und hielt mit seinen Entdeckungen so lange hinter dem Berg, wie es nur eben anging.

Viele seiner Kollegen beklagten sich bitter über diese Angewohnheit. Sie glaubten, daß er jedesmal selbst den Ruhm einstecken wolle, taten ihm damit aber sehr unrecht. In Wirklichkeit war dieser Hang zur Schweigsamkeit nichts anderes als ein Zeichen seines eigenbrötlerischen Charakters.

Auch von seiner Fahrt nach Buckinghamshire sagte Mr. Reeder niemand etwas. Als er am Abend zurückgekommen war, nahm er schnell in einem Restaurant eine kräftige Mahlzeit zu sich, dann stieg er am Paddington-Bahnhof in einen Zug nach Maidenhead. Dort mietete er einen Wagen und fuhr durch Nacht und Nebel in die Nähe des Hauses von Captain Mannering.

Die schmiedeeisernen Parktore waren geschlossen, und die Mauer, die das Grundstück umgab, hatte in der Nähe der Einfahrt eine beträchtliche Höhe. Mr. Reeder ließ sich davon nicht abschrecken. Er ging an der Mauer entlang, und als er einige hundert Meter zurückgelegt hatte, fand er eine Stelle, wo es ihm ein dicht neben der Mauer emporgewachsener Baumstamm ermöglichte, hinüberzuklettern.

Gleich darauf schlich er sich geduckt durch das niedere Gebüsch des Parks.

Ena Panton mochte zwar – wenigstens Hymie Higsons Meinung nach – nicht übermäßig intelligent sein. Immerhin konnte sie aber beobachten und hatte bald herausgefunden, daß der Raum, in dem sie gefangengehalten wurde, sorgsam für ihren Aufenthalt vorbereitet worden war.

Die Leute, die sie hier festhielten, mußten ihre Entführung schon seit Wochen geplant haben. Das war aus verschiedenen Umständen klar ersichtlich: Die Fenster waren durch Läden verschlossen, die man von außen an die Rahmen angeschraubt hatte; von innen ließen sie sich nicht öffnen. Zur Lüftung des Raumes diente ein Ventilatorschacht, der so hoch oben an der Wand angebracht war, daß sie nicht hinaufreichen konnte. Verschiedene Bücher sollten offenbar dazu dienen, einem Gefangenen die Zeit zu vertreiben. Merkwürdigerweise handelte es sich aber um Lektüre, aus der sich eine Frau bestimmt nichts machte – es waren wissenschaftliche Werke, die sich meist mit Fragen der Petroleumgewinnung befaßten.

Schon einen Tag nach ihrer Ankunft erhielt Ena dann Lesestoff, mit dem sie mehr anfangen konnte: illustrierte Zeitschriften, Unterhaltungsromane, Modejournale und Magazine.

Sie sprach mit Hymie, mit dem sie verhältnismäßig gut auskam, über ihre Beobachtungen.

»Stimmt es, daß Sie schon lange vorhaben, hier jemand gefangenzuhalten?« erkundigte sie sich geradeheraus.

»Wie kommen Sie denn darauf?«

»Nun, die Maßnahmen, die Sie getroffen haben, sprechen für sich«, entgegnete sie lächelnd.

»Erstaunlich, was Sie, für Schlüsse ziehen können! Aber Sie haben recht – seit einem Monat schon warte ich auf das Vergnügen, Sie hier begrüßen zu dürfen.«

Energisch schüttelte sie den Kopf.

»Das stimmt ja gar nicht. Sie haben jemand ganz anderen hier erwartet – nicht mich, sondern Ernie!«

Er starrte sie an.

»Was bringt Sie auf diese Idee?«

»Das weiß ich nicht. Ich habe nur so ein Gefühl ... Wo ist denn Ernie?«

»Er ist ins Ausland gefahren.«

»Und warum?«

»Ich habe Ihnen doch schon oft genug gesagt, daß Sie keine Fragen stellen sollen!«

Er ging zum andern Ende des Zimmers, zog einen Vorhang beiseite, der eine schwere eichene Schiebetür verdeckte, schloß auf und schob sie zurück.

»Kommen Sie mit, Sie müssen jetzt einen Spaziergang machen. Ziehen Sie aber Ihren Mantel an, es ist kalt draußen.«

Sie folgte seiner Aufforderung, und zusammen gingen sie hinaus. Von einem kleinen, kahlen Vorraum aus führte eine Treppe direkt in den Park. Es war bereits dunkel.

Dies war schon die zweite Aufforderung zu einem nächtlichen Spaziergang. Beim erstenmal hatte sie sich geweigert, mitzugehen, und er hatte achselzuckend auch nicht darauf bestanden.

»Wenn Sie nicht krank werden wollen, müssen Sie sich etwas Bewegung machen«, hatte er nur gesagt. »Aber wie Sie meinen – bleiben Sie ruhig in Ihrem Zimmer sitzen.«

Sie sah schließlich ein, daß er recht hatte, und als er sie an diesem Abend wieder zum Spazierengehen aufforderte, begleitete sie ihn widerspruchslos.

Viel sehen konnte sie draußen nicht – nur Bäume und in größerer Entfernung einen roten Schein am Himmel. Sie fragte ihn, was dort für eine Stadt läge, aber er gab ihr keine Antwort.

»Ist das nicht London?« begann sie wieder.

»Schon möglich«, brummte er unwillig.

Sie verbrachte nun bereits den vierten Abend als Gefangene, aber ihre Laune war merklich besser geworden, seit sie sich nicht mehr so fürchtete.

Auf ihre stete Frage, was er mit ihr anfangen wolle, hätte er ihr am liebsten eine klare Antwort gegeben, denn ihre Anwesenheit behinderte ihn allmählich.

Sie machten einen längeren Spaziergang und kehrten dann ins Haus zurück.

Als sie am Fuß der Treppe angekommen waren, die nach oben führte, legte er plötzlich den Arm um Ena und versuchte, sie zu küssen.

Ena war außer sich und schlug wütend nach ihm. Daraufhin ließ er sie sofort los und stieg schweigend die Treppe hinter ihr hinauf. Er schob sie in ihr Zimmer und schloß die Tür ab. Als er etwas später das Abendessen brachte, zog sie sich in die äußerste Ecke des Raumes zurück und ließ ihn nicht aus den Augen.

»Sie brauchen keine Angst zu haben«, knurrte er. »Ich habe mich schlecht benommen, weiß schon – aber es soll nicht wieder vorkommen.«

Wenn sie sich nur den Schlüssel zu ihrer Tür hätte beschaffen können! Sie wußte, daß er ihn stets in einer Seitentasche seines Jacketts trug, und versuchte nun, aus der Tasche eines Kleidungsstücks, das sie über eine Stuhllehne hängte, möglichst unauffällig kleine Gegenstände herauszuziehen. Er gab ihr aber vorerst keine Gelegenheit, ihre neuerworbene Fingerfertigkeit auszuprobieren, sondern hielt sich von ihr fern.

An diesem Abend war sie ängstlich und stellte Stühle vor beide Türen, bevor sie sich ins Bett legte.

Es war neun Uhr. Zwei Stunden später wachte sie plötzlich auf, weil sie ein Geräusch gehört hatte. Ein Schlüssel bewegte sich leise in dem Schloß der Tür, die zur Treppe führte.

Im nächsten Augenblick sprang sie aus dem. Bett, drehte das Licht an und schlüpfte in ihren Morgenrock. Sie war bleich und ihre Knie zitterten, als sie zur hinteren Tür schlich, von der das Geräusch gekommen war.

Es blieb eine Weile still, dann hörte sie wieder etwas rascheln.

»Machen Sie, daß Sie fortkommen!« schrie sie laut. »Wenn Sie es wagen, hier hereinzukommen, bringe ich Sie um – ich habe ein Messer!«

Das Geräusch verstummte, und sie lauschte angestrengt. Als sie das Ohr an die Tür legte, glaubte sie, leise Schritte zu hören.

Aber dann drehte sie sich plötzlich zur anderen Tür um. Sie ging auf, und Hymie im Morgenrock trat ein. Er machte ein düsteres Gesicht.

»Was soll denn der Krach mitten in der Nacht? Wollen Sie etwa einen Fluchtversuch unternehmen? Legen Sie sich sofort wieder ins Bett!«

»Haben Sie denn nicht eben versucht, die Tür zur Treppe aufzumachen?«

»Was, diese Tür?«

Rasch ging er durch das Zimmer, nahm den Schlüssel aus der Tasche und schloß auf.

Aber draußen stand niemand.

Er leuchtete die Treppe ab, und auch dort konnte er keinen Menschen entdecken.

»Wollten Sie mich hinters Licht führen – oder was soll das Theater?« fragte er barsch.

Aber dann sah er etwas und bückte sich schnell. Vorsichtig fuhr er mit den Fingerspitzen über den Fußboden – er fühlte eine feuchte Spur, hier mußte vor kurzem jemand gestanden haben.

Er schloß die Tür wieder ab, lief aus dem Zimmer und blieb einige Minuten fort. Als er zurückkam, hatte er einen Mantel übergeworfen und trug eine starke Taschenlampe in der Hand. Sorgfältig untersuchte er den Treppenabsatz und probierte dann die Tür, die ins Freie führte. Sie war nicht verschlossen, obwohl er genau wußte, daß er zugesperrt hatte. Draußen regnete es, und der Boden war naß.

Hymie stieg die Treppe wieder hinauf, durchquerte Enas Zimmer und rannte die Stufen zu der großen Halle hinunter. Dort saß, bequem in einen Sessel geflegelt, ein Mann und las die Zeitung. Es war derselbe, der den Riegel von Enas Tür entfernt hatte.

»Los, wecken Sie die andern!« befahl Hymie. »Rufen Sie auch Janny.«

»Was ist denn passiert?« fragte der Mann und ließ die Zeitung fallen.

»Jemand hat versucht, über die hintere Treppe ins Haus einzudringen.«

Der Mann grinste ironisch.

»Sollten das etwa Einbrecher gewesen sein?« meinte er spöttisch.

Hymie wurde wütend.

»Tun Sie, was ich Ihnen gesagt habe!« fuhr er ihn an.

Natürlich war sich Hymie ziemlich im klaren darüber, wer der nächtliche Besucher gewesen war.

Unangenehm, sicher – aber deshalb beunruhigte er sich trotzdem nicht zu sehr. Eigentlich hatte er keinen Augenblick daran gezweifelt, daß Mr. Reeder seinen Aufenthaltsort kannte und auch genau wußte, wer sich unter dem Namen eines Captain Mannering verbarg – bestimmt ahnte der Detektiv aber nicht, daß sich Ena Panton hier befand. Und vor allem lag Hymies größtes Geheimnis so gut verborgen, daß er eine Entdeckung nicht zu befürchten brauchte.

Hymie war nicht etwa ein gewöhnlicher kleiner Gauner. Er verfügte über ein eigenes, gut funktionierendes Nachrichtensystem und hatte selbst bei der Polizei und im Innenministerium seine Leute sitzen. Kein Haftbefehl konnte ausgestellt werden, ohne daß er es nicht vorher erfuhr – darauf verließ er sich. Sobald er eine entsprechende Nachricht bekäme, wollte er sich aus dem Staub machen. Erst am selben Abend hatte er ein Telefongespräch mit seinem Vertrauensmann geführt, doch dieser hatte ihm versichert, daß Scotland Yard vorerst nichts gegen ihn unternehmen würde.

Leider waren Mr. Reeders Methoden und seine Denkweise ganz anders als die der Leute vom Yard. Hymie wußte das nur zu gut. Dieser Detektiv nahm sich Dinge heraus, die sich andere Beamte nicht erlaubt hätten; unter anderem erschienen ihm Haftbefehle manchmal vollkommen überflüssig.

Wer anders als Mr. Reeder hätte es gewagt, bei Nacht und Nebel ein fremdes Grundstück zu betreten und in ein Haus einzubrechen!

*

Als Hymie seine Leute zusammengetrommelt hatte, setzte er ihnen seinen Plan auseinander.

»Ich bringe Ena Panton noch heute abend nach Frankreich. Das hätte ich gleich tun sollen. Sie wird dort gut aufgehoben sein. Morgen abend bin ich wieder zurück. Ich brauche einen Wagen aus der Garage, und dann muß zum Flugzeugschuppen telefoniert werden.«

Hymie hatte während des Krieges bei der Luftwaffe gedient und besaß eine zweisitzige Sportmaschine, die ihm schon mehrmals gute Dienste geleistet hatte. Sie stand in einem Schuppen auf einem Feld hinter Wycombe. Der Pilotenschein war aber weder auf den Namen Higson noch auf Mannering ausgestellt, wie Mr. Reeder ganz richtig vermutete.

»Ich gehe jede Wette ein, daß der Kerl danach gesucht hat«, sagte einer der Leute.

Hymie wandte sich ärgerlich nach ihm um.

»Wen meinen Sie – doch nicht etwa Reeder?«

»Umsonst hat der sich hier nicht herumgetrieben. Sie haben uns doch erzählt, daß er Sie neulich im Klub gefragt hätte, warum Sie fünfzigtausend Dollar in der Gegend herumliegen lassen.«

»Ach, das war nur so eine Vermutung von ihm«, erwiderte Hymie schnell.

Aber der Mann schüttelte den Kopf. Es war der Gärtner, der das kleine Haus bewohnte und Mr. Reeder sehr gut kannte.

»Er kam doch her und brachte die verdammten Hühner. Ich saß gerade draußen, als er mit seinem Wagen vorbeifuhr, und natürlich hat er mich gleich erkannt, obwohl ich überhaupt keine Notiz von ihm nahm.

Vor vier Jahren hat er mich geschnappt, als ich Falschgeld losbringen wollte, und der Kerl hat ein Gedächtnis wie kein anderer. Er weiß einfach alles. Bestimmt brachte er auch irgendwie in Erfahrung, daß Sie fliegen können, und hat sich dann nach der Maschine umgesehen. Und wenn er heute abend hier in der Gegend ist, hält er bestimmt nach diesem Mädel Ausschau. Ich glaube, es ist besser, wenn wir alle verschwinden.«

Hymie überlegte, und der Vorschlag erschien ihm ganz vernünftig. Es war sehr dumm von ihm gewesen, daß er diese Entführung inszeniert hatte. Die Sache war von Anfang an viel zu gefährlich gewesen.

»Gut, holen Sie alle Wagen heraus. Ich gehe inzwischen nach oben und sage es ihr.«

Er eilte die Treppe hinauf und den Gang entlang. Oben schloß er die Tür auf – das Zimmer lag im Dunkeln.

»Stehen Sie auf und ziehen Sie sich an«, befahl er. »Wir müssen eine kleine Fahrt machen.«

Als er keine Antwort erhielt, tastete er nach dem Lichtschalter.

»Rühren Sie sich nicht«, sagte Mr. Reeder, als es hell wurde.

Er saß am Tisch, hatte den Hut in den Nacken geschoben und richtete einen Revolver auf Hymie Higson.

7

Einen Augenblick lang starrte ihn Hymie völlig fassungslos an. Er war wie gelähmt und keines klaren Gedankens fähig.

»Miss Ena wartet draußen auf mich ...«, begann Mr. Reeder, doch da war Hymie schon wieder zu sich gekommen und handelte.

Mit einer blitzschnellen Bewegung schlug er gegen den Schalter das Licht ging aus, und im nächsten Augenblick raste er durch den Gang und die Treppe hinunter.

In der Halle war niemand. Hymie stürzte zur Haustür, riß sie auf und rannte in die Nacht hinaus. Er trug nur einen Morgenrock und Handschuhe, aber er fühlte nicht einmal den harten Kies unter den Füßen, als er den Zufahrtsweg hinunterlief. Ein Wagen fuhr gerade aus der Garage, die hinter dem kleinen Portierhaus am Eingang lag.

»Macht das Tor auf, schnell!« rief er schon von weitem. Einer seiner Leute rannte hin, drehte den Schlüssel um und versuchte, das große schmiedeeiserne Tor zu öffnen. Es bewegte sich einige Zentimeter, doch dann rührte es sich trotz allen Ziehens und Zerrens nicht mehr. Jemand hatte die beiden Flügel mit einer Handschelle zusammengekettet.

»Einen Hammer – eine Axt!« brüllte Hymie.

Einer der Leute lief zur Garage und brachte einen schweren Vorschlaghammer. Es schien eine Kleinigkeit zu sein, die stählerne Kette, die die beiden Stahlringe miteinander verband, zu zertrümmern – trotzdem dauerte es fast drei Minuten, bevor es gelang, das Tor zu öffnen.

»Warum die Mühe«, hörte Hymie in diesem Augenblick plötzlich eine sarkastische Stimme aus der Dunkelheit. »Ihre Reifen sind platt, ich habe mir selbst erlaubt, sie durchzuschneiden. Und auch wenn ich es nicht getan hätte ...«

Im gleichen Moment hörten sie Motorengeräusch. Ein Wagen näherte sich in rasender Fahrt und hielt gleich darauf mit knirschenden Bremsen vor dem eisernen Parktor.

Hymie sah das Aufblitzen von Polizeiuniformen und Waffen, drehte sich um und lief zurück. Zehn Meter vor ihm tauchte plötzlich eine dunkle Gestalt aus dem Gebüsch auf – er blieb stehen, riß die Pistole aus dem Schulterhalfter, die er unter dem Morgenrock trug, und feuerte.

Darauf hatte Mr. Reeder nur gewartet. Er nahm es in dieser Beziehung sehr genau mit dem Gesetz und schoß immer erst dann, wenn auf ihn geschossen worden war.

Sein Revolver krachte zweimal kurz hintereinander.

Hymie fühlte einen brennenden Schmerz in der Hüfte und stürzte zu Boden.

*

»Ja«, erklärte Mr. Reeder wenig später im Büro von Inspektor Grayson. »Ich fuhr nach Buckinhamshire, ohne Scotland Yard vorher über meine Absichten zu informieren. Da ich, wie Sie ja wissen, ziemlich vorsichtig bin, rief ich allerdings die Polizei in Buckinghamshire an und teilte ihr mit, was ich vorhatte. Ich bat gleichzeitig, daß man zu einer bestimmten Zeit einen Streifenwagen mit einigen Beamten schicken solle, um mich am Parktor abzuholen.

Schon seit einiger Zeit wußte ich, daß auf diesem reizenden Landsitz mindestens zwei Verbrecher wohnten. Mr. Hymie Higson war es in letzter Zeit so auffallend gut gegangen, daß ich einem meiner Beamten den Auftrag gegeben hatte, sich ein wenig um ihn zu kümmern; so entdeckten wir, daß er in Hexley Manor wohnte. Der Nachweis, daß er und Captain Mannering ein und dieselbe Person waren, fiel uns dann natürlich nicht mehr schwer.

Ich wunderte mich, als ich erfuhr, daß Hymie sich einen kleinen Landsitz gekauft hatte. Die Lösung fand ich erst, als ich mir aus Amerika seine Strafakten kommen ließ. Drin steht nämlich, daß er gerne in der Rolle eines Gutsbesitzers auftritt. Das flößt Vertrauen ein, und auf diese Weise ist es ihm auch gelungen, eine ganze Anzahl reicher junger Leute zu schröpfen.

Hymie hat, als ihm in Amerika der Boden unter den Füßen zu heiß wurde, die gleiche Methode in England versucht. Er annoncierte in großen Blättern und bot Grundstücke mit Petroleumvorkommen zum Verkauf an. Und auch hier gelang es ihm, verschiedene Leute hereinzulegen.

Als er mit Ernest Graddle in Verbindung trat, war er sich noch nicht im klaren, welch guten Fang er da gemacht hatte. Erst; als er von Graddle eine größere Summe erhielt, wurde er aufmerksam, denn er wußte natürlich, daß ein Bankangestellter nicht über soviel Geld verfügen konnte. Er drohte ihm mit einer Anzeige, und Graddle erzählte ihm daraufhin, wie er die Bank hinterging.

Der Rest war nun ziemlich einfach. Graddle plünderte die Bank in Hymies Auftrag um immer größere Beträge. Der Trick war so einfach, daß auch ein Kind die Sache hätte durchschauen können.

Graddle war auf die schiefe Bahn geraten, aber er hatte sich fest vorgenommen, alle Unterschlagungen wieder zu ersetzen, wenn er einmal Glück bei seinen sorgfältig geheimgehaltenen Spekulationen hatte. Nachdem er aber mit Hymie in Verbindung getreten war, wurde das unmöglich, denn dieser erpreßte ihn ständig weiter.

Nach dem ersten Treffen ließen sich die beiden nie wieder zusammen in London sehen. Dazu war Hymie viel zu klug, denn er wußte, daß die Verfehlungen Mr. Graddles früher oder später entdeckt werden mußten. Sie trafen sich in einer Wohnung am Haymarket und an anderen Orten.

Bei einer seiner Fahrten nach London sah Graddle Ena Panton und verliebte sich auf den ersten Blick in sie. Er machte ihr Geschenke und gab ihr größere Summen. Als die Entdeckung seiner Unterschlagungen immer drohender wurde, wollte er sie heiraten und mit ihr flüchten.

Ena wünschte, daß die Verlobung in der Zeitung bekanntgemacht werden sollte. Nur zögernd gab Graddle nach und erzählte später Hymie davon, der daraufhin einen Wutanfall bekam. Solche Anzeigen würden selbstverständlich die Aufmerksamkeit der Öffentlichkeit auf das Paar lenken. Hymie verhinderte das Erscheinen der Anzeige und erfuhr bei seinem mitternächtlichen Besuch, daß Enas Schwester bei mir arbeitet. Das war ein schwerer Schlag für ihn.

Er verkleidete sich so gut wie möglich, als er zu den Pantons ging, denn auf keinen Fall sollte jemand entdecken, daß er mit Ernest Graddle in Verbindung stand.

Schließlich machte er dem Bankbeamten den Vorschlag, noch einmal eine große Summe abzuheben und dann mit ihm zu fliehen. Doch diesmal sträubte sich Ernest. Er erklärte, daß er Ena nicht aufgeben wolle, ließ sich aber schließlich überreden, für eine Weile ins Ausland zu gehen. Erst einen Abend vor der beabsichtigten Flucht gestand er Hymie, daß er sein Versprechen gebrochen, sich wieder mit Ena in Verbindung gesetzt und ihr einen Teil des Geldes geschickt habe, das er vorher in Dollar umwechseln ließ.

Als Hymie hörte, daß er Ena fünfundzwanzigtausend Dollar geschenkt hatte, geriet er außer sich. Es drohte ihnen sofortige Entdeckung, wenn die laufenden Nummern der Banknoten bekanntgemacht wurden. Ernest Graddle hatte ihm in der letzten Zeit schon viel zu schaffen gemacht, denn der junge Mann zeigte allmählich Furcht und Reue und überhäufte Hymie mit heftigen Vorwürfen.

Die Aussagen des Automechanikers und des Wirts in Andover bestätigten diese Tatsache. Ihrer Beschreibung nach machte Graddle einen völlig verstörten Eindruck.

Der Plan, den sich Hymie zurechtgelegt hatte, sah nun folgendermaßen aus.

Er wollte am Nachmittag in die Nähe von Salisbury fliegen und dort in der Dunkelheit auf einem von seinen Komplicen mit Lichtern markierten Sportplatz landen. Ernest sollte mit dem Auto dorthin fahren und ihn in der Nähe von Stonehenge treffen. Es gelang Hymie auch, mit seiner Maschine unbemerkt zu landen. Ein großer Flugplatz liegt in dieser Gegend, und ein niedrigfliegendes Flugzeug fällt nicht weiter auf.

Ernest hatte Hymie natürlich versprochen, daß er ihn sicher ins Ausland bringen wolle, wahrscheinlich nach Südfrankreich – in Wirklichkeit hatte Hymie aber ganz andere Pläne. Graddle war für ihn viel zu gefährlich geworden; er konnte keinesfalls das Risiko eingehen, ihn in Frankreich frei herumlaufen zu lassen, denn wenn der Bankraub bekannt wurde, erhielt natürlich auch die französische Polizei Graddles Steckbrief. Außerdem würde er sich bestimmt sofort telegrafisch mit Ena in Verbindung gesetzt haben, um sie zu sich zu holen.

Aus allen diesen Gründen richtete Hymie einen Raum in seinem Landhaus ein, wo er Ernest Graddle gefangensetzen konnte.

Der junge Mann traf an der verabredeten Stelle mit ihm zusammen. Der Koffer mit dem Geld wurde ins Flugzeug gebracht, dann übergossen sie das Auto mit Benzin und ließen eine kleine Sprengladung mit Spätzündung in dem Wagen zurück. Der Start des Flugzeugs ging ohne Zwischenfall vonstatten.

Bald nach dem Start roch Ernest aber Lunte. Er merkte wohl, daß Hymie eine andere Richtung einschlug, oder Hymie sagte ihm gleich, daß es zu gefährlich wäre, ihn ins Ausland zu bringen, und daß er ein sicheres Versteck für ihn vorbereitet hätte.

Was darauf geschah, läßt sich nur vermuten.

Höchstwahrscheinlich geriet Graddle, der sowieso in einem Zustand äußerster Erregung war, jetzt ganz außer sich. Vielleicht durchschaute er Hymie auch endlich. Er öffnete den Koffer mit dem Geld und wollte den ganzen Inhalt über Bord werfen. So fielen die zwei Päckchen mit Banknoten herunter, die später gefunden wurden. Aber dann drehte sich Hymie um und schlug Graddle mit einem Schraubenschlüssel nieder, der griffbereit neben ihm lag. Graddle setzte sich verzweifelt zur Wehr, ein Kampf entspann sich, und der Schraubenschlüssel flog nach einem letzten wuchtigen Schlag Hymies aus dem Flugzeug heraus. Daß er zu Boden sauste, ist selbstverständlich, doch daß er ausgerechnet Mr. Friston, einen Lehrer in Eton, auf den Kopf traf, gehört zu jenen merkwürdigen Zufällen, die nicht nur dem Kriminalisten immer wieder Rätsel aufgeben.

Wenn Sie eine Karte von Südengland zur Hand nehmen und eine gerade Linie von dem Treffpunkt der beiden bis zu dem Flugzeugschuppen Hymie Higsons ziehen, dann werden Sie feststellen, daß diese Linie Farnham, Windsor und Cockham schneidet. Die kleinen Abweichungen davon lassen sich leicht durch Kursabweichungen erklären, die das Handgemenge zur Folge hatte.

Ich weiß nicht, wie oft Ernest von dem schweren Schraubenschlüssel getroffen wurde. Zweifellos war er aber tot, als Hymie landete.

Den Toten versteckten sie vermutlich am nächsten Tag im Flugzeugschuppen. Ich erhielt Nachricht, daß der Schuppen während der folgenden Tage verschlossen blieb und daß einer von Hymies Leuten davor Wache hielt, obwohl es anhaltend regnete.

Aber Higson war noch nicht außer Gefahr, denn Ena Panton befand sich in Freiheit und hatte einen Betrag von fünfundzwanzigtausend Dollar erhalten. Das mußte um so verfänglicher werden, als man Geld auf dem Heuschober und in dem Graben bei Farnham gefunden hatte und einen Zusammenhang damit vermuten konnte.

Hymie fühlte sich besonders unsicher, weil er mit der Möglichkeit rechnete, daß Graddle an Ena lange Briefe geschrieben und ihr sein Vergehen gestanden hatte. Vielleicht hatte er mit ihr auch ausgemacht, daß sie sich an einem bestimmten Ort treffen wollten.

Alles wurde noch schlimmer für Hymie, seit er wußte, daß ich bereits Kenntnis von der Angelegenheit hatte. Als ich ihn im Klub traf, war er gerade im Begriff, den gewagten Plan auszuführen.

Ena durfte unter keinen Umständen in Freiheit bleiben. Sie hat mir von seiner Drohung erzählt, sie umzubringen, und ich zweifle keinen Augenblick daran, daß er diese Absicht auch ausgeführt hätte. Wahrscheinlich verliebte er sich aber dann in ihr hübsches Gesicht, und unter diesen Umständen ist ihr nichts geschehen.

Um Ena Panton brauchen wir uns im übrigen bestimmt keine Sorgen zu machen. Sie wird in dem Mordprozeß als Hauptbelastungszeugin auftreten, und wenn ihr Bild in der Presse erscheint, bekommt sie sicher eine Menge Heiratsanträge. Außerdem soll sie noch eine Belohnung erhalten, weil es mir durch ihre wichtigen Hinweise gelang, den Bankdiebstahl aufzudecken und wenigstens einen Teil des Geldes zu retten.

Hymie kam also in der Nacht zu Enas Wohnung und setzte seinen Plan in die Tat um. Es glückte ihm leichter, als er gedacht hatte. Er brachte sie dann zu seinem Landsitz, wo er ja bereits ein Zimmer für Graddle vorbereitet hatte.«

Mr. Reeder machte diese Ausführungen vor leitenden Beamten von Scotland Yard und der Polizei von Berkshire. Der Vertreter der Staatsanwaltschaft war ebenfalls dabei.

»Es stimmt alles, was Sie gesagt haben, Mr. Reeder«, bemerkte Inspektor Grayson. »Ein interessanter Fall. Ich zweifle nicht daran, daß sich alle Einzelheiten bestätigen werden. Jetzt können wir ja die Sache weiterbehandeln«, wandte er sich dann an den Vorgesetzten von Mr. Reeder.

»Ja, wo ist denn nun eigentlich der Tote?« fragte Reeder und lächelte verschmitzt.

»Den werden wir schon noch finden. Ich habe heute morgen Hymie Higson in seiner Zelle vernommen. Natürlich streitet er alles ab. ›Erst müssen Sie die Leiche finden!‹ sagte er zu mir. ›Man kann keinem Menschen einen Prozeß wegen Mordes machen, solange die Leiche nicht vorhanden ist!‹ Aber verlassen Sie sich darauf, das werden wir schon herausbekommen – mit Hilfe der Polizei von Berkshire«, fügte Grayson höflich hinzu.

Mr. Reeder rieb sich kräftig sein Kinn.

»Sie wünschen also nicht, daß ich Ihnen dabei behilflich bin? Einige Nachforschungen nach dieser Richtung hin habe ich schon angestellt ...«

»Sehr freundlich, Mr. Reeder, aber das können Sie wirklich ruhig uns überlassen.«

*

»Ich sehe es schon kommen, daß wir letzten Endes doch wieder Mr. Reeder zuziehen müssen«, sagte der Staatsanwalt zum Chefinspektor von Scotland Yard, als sie zusammen zum Mittagessen gingen. »Er ist nun mal ein schlauer Fuchs! Ich bin überzeugt davon, daß der das Rätsel längst gelöst hat, und wenn Grayson nicht so ehrgeizig gewesen wäre, hätte er ihm haarklein alles erzählt.«

Tatsächlich hatte Mr. Grayson eine schwierige Aufgabe übernommen. Ein kleines Heer von Kriminalbeamten suchte das Haus und das Grundstück ab. Das Unterste wurde zuoberst gekehrt, Dielenbretter losgerissen, Mauern abgebrochen – aber von Ernest Graddle fand man keine Spur.

*

Mrs. Reeder schmökerte, wie gesagt, gern in amerikanischen Magazinen; er hätte die Lösung des Rätsels nicht so schnell gefunden, wenn ihm nicht der Artikel über den Lügendetektor, den Hymie Higson unvorsichtigerweise erwähnt hatte, noch in Erinnerung gewesen wäre.

Als der Staatsanwalt Mr. Reeder in seinem Büro begegnete, fragte er ihn vorsichtig, ob er ihm im Vertrauen nicht vielleicht doch schon einen Fingerzeig geben könne.

»Nun, es gibt nur ein wirklich sicheres Versteck für eine Leiche«, erwiderte Mr. Reeder. »Haben Sie jemals etwas von einem alten Landstreicher namens Peters gehört? Sicher ist Ihnen der Name unbekannt. Auch ich hatte keine Ahnung von der Existenz dieses Mannes, aber er hat tatsächlich gelebt.«

»Das klingt ja wieder einmal sehr geheimnisvoll«, meinte der Staatsanwalt lächelnd.

Mr. Reeder schüttelte den Kopf.

»Aber nein, die Sache ist durchaus nicht geheimnisvoll. Ich habe von diesem Peters gehört und auch erfahren, daß Hymie Higson ihm gegenüber sehr freigebig war. Sagen Sie das den Beamten von Scotland Yard! Vielleicht kommen sie dann von selbst auf die Lösung. Unter den jetzigen Umständen würde es ziemlich schwierig sein, Hymie Higson für den Mord an Graddle verantwortlich zu machen.«

Hymie war natürlich derselben Ansicht. Seine Zuversicht wuchs, je häufiger die Verhandlung des Falles vertagt wurde, und er war schlau genug, sich durch keine Drohungen und durch keine Kniffe zu einem Geständnis bewegen zu lassen.

Schließlich blieb den Beamten von Scotland Yard tatsächlich nichts anderes übrig, als sich wieder an Mr. Reeder zu wenden.

»Wir können den Kerl einfach nicht dazu bringen, ein Geständnis abzulegen – und bis jetzt ist es uns leider auch nicht gelungen, die Leiche zu finden«, knurrte Inspektor Grayson ärgerlich.

Mr. Reeder zog bedächtig ein amerikanisches Magazin aus der Tasche.

»Wahrscheinlich machen Sie sich nichts aus derlei Lektüre. Ich lese so etwas ganz gerne, und den gleichen Geschmack hat offenbar auch Mr. Higson. Vor einigen Jahren erfuhr ich zufällig, daß dieses

Kriminalmagazin in amerikanischen Verbrecherkreisen sehr beliebt ist. Sie verstehen, es wird darin mit allen Einzelheiten über die Aufklärung interessanter Mordfälle berichtet. Sehr gefesselt hat mich in dieser Nummer auch ein Bericht über den Lügendetektor, der von der amerikanischen Polizei manchmal angewandt wird.

Sie wissen doch, wie so ein Ding funktioniert. Ein enganliegendes Band wird um die Brust, ein anderes um den Arm des Untersuchungsgefangenen gelegt. Mit Hilfe einiger komplizierter Vorrichtungen wird es dadurch möglich, Temperatur, Transpiration und Herztätigkeit aufzuzeichnen. Dem zu Verhörenden werden verschiedene Fragen vorgelegt – sagt er die Wahrheit, dann bleiben die Reaktionen der Meßgeräte normal, lügt er, dann ergeben sich typische Schwankungen, die der Fachmann ohne weiteres deuten kann.

In dem Artikel, den ich eben erwähnte, wird auch die Geschichte eines jungen Autohändlers erzählt, der auf unerklärliche Weise verschwand. Die Polizei vermutete einen Mord, und der Mann, der als Täter in Betracht kam, wurde verhaftet. Man wandte den Lügendetektor an, mußte das Verhör aber abbrechen, weil der Häftling mit einem Einspruch seines Rechtsanwalts beim Obersten Gerichtshof Erfolg hatte. Die Gesetzgebung sieht nämlich vor, daß der Lügendetektor nur in besonderen Fällen angewendet werden darf, und auch dafür gewöhnlich die Zustimmung des Vernommenen notwendig ist. Immerhin waren schon die interessantesten Tatsachen in Erfahrung gebracht worden, bevor das Verhör eingestellt werden mußte. Erstens war herausgekommen, daß der Mann den Autohändler tatsächlich ermordet hatte, zweitens, daß er ihn an einem ganz bestimmten Platz verscharrt hatte, und drittens, daß dieser Platz ein – Kirchhof war!«

Grayson sah Reeder verblüfft an.

»Ein Kirchhof?«

Mr. Reeder nickte bestätigend.

»Könnten Sie sich einen geeigneteren Platz für die Bestattung eines Toten denken? Die Leiche eines Ermordeten auf einem Kirchhof zu suchen, daran denkt die Polizei doch zuallerletzt – nun ja, am Tag nach dem Mord an Graddle starb ein Landstreicher namens Peters. Er sollte in einem Armengrab beigesetzt werden, aber unerwarteterweise fand sich ein unbekannter Wohltäter, der eine Grab-stätte kaufte und dem Toten somit zu einem eigenen Grab verhalf. Er verhalf ihm auch zu einem Kameraden, denn in der nächsten Nacht wurde das Grab wieder geöffnet und Graddle hineingelegt.«

*

Drei Monate nach der Hinrichtung Hymie Higsons bat Lizzie Mr. Reeder, ihr einen Tag freizugeben.

»Ena verheiratet sich«, sagte sie. »Sie bekommt einen wirklich netten und auch wohlhabenden Mann, mit dem sie bestimmt glück-lich wird; und das gönne ich ihr nach dem großen Kummer, den sie durchgemacht hat, auch von ganzem Herzen. Wie gut, daß alles wieder in Ordnung gekommen ist! Übrigens, Mr. Reeder, die Poli-zei will ihr die fünfundzwanzigtausend Dollar nicht zurückgeben. Sie behauptet, das Geld gehöre der Bank. Schließlich hat es ihr Ernie aber doch geschenkt! Und wenn sie ihr schon die Banknoten weg-nehmen, warum lassen sie ihr dann den Schmuck, den sie von Ernie hat?«

Darauf wußte selbst Mr. Reeder keine Antwort, außerdem war er gerade viel zu müde, seinen Kopf auch noch damit zu belasten. Gähnend winkte er ab.

»Sie können den Tag freihaben, Lizzie – bringen Sie mir jetzt aber meine Butterbrote!«

Über tredition

Eigenes Buch veröffentlichen

tredition wurde 2006 in Hamburg gegründet und hat seither mehrere tausend Buchtitel veröffentlicht. Autoren veröffentlichen in wenigen leichten Schritten gedruckte Bücher, e-Books und audio-Books. tredition hat das Ziel, die beste und fairste Veröffentlichungsmöglichkeit für Autoren zu bieten.

tredition wurde mit der Erkenntnis gegründet, dass nur etwa jedes 200. bei Verlagen eingereichte Manuskript veröffentlicht wird. Dabei hat jedes Buch seinen Markt, also seine Leser. tredition sorgt dafür, dass für jedes Buch die Leserschaft auch erreicht wird.

Im einzigartigen Literatur-Netzwerk von tredition bieten zahlreiche Literatur-Partner (das sind Lektoren, Übersetzer, Hörbuchsprecher und Illustratoren) ihre Dienstleistung an, um Manuskripte zu verbessern oder die Vielfalt zu erhöhen. Autoren vereinbaren direkt mit den Literatur-Partnern die Konditionen ihrer Zusammenarbeit und partizipieren gemeinsam am Erfolg des Buches.

Das gesamte Verlagsprogramm von tredition ist bei allen stationären Buchhandlungen und Online-Buchhändlern wie z. B. Amazon erhältlich. e-Books stehen bei den führenden Online-Portalen (z. B. iBookstore von Apple oder Kindle von Amazon) zum Verkauf.

Einfach leicht ein Buch veröffentlichen: **www.tredition.de**

Eigene Buchreihe oder eigenen Verlag gründen

Seit 2009 bietet tredition sein Verlagskonzept auch als sogenanntes "White-Label" an. Das bedeutet, dass andere Unternehmen, Institutionen und Personen risikofrei und unkompliziert selbst zum Herausgeber von Büchern und Buchreihen unter eigener Marke werden können. tredition übernimmt dabei das komplette Herstellungs- und Distributionsrisiko.

Zahlreiche Zeitschriften-, Zeitungs- und Buchverlage, Universitäten, Forschungseinrichtungen u.v.m. nutzen diese Dienstleistung von tredition, um unter eigener Marke ohne Risiko Bücher zu verlegen.

Alle Informationen im Internet: **www.tredition.de/fuer-verlage**

tredition wurde mit mehreren Innovationspreisen ausgezeichnet, u. a. mit dem Webfuture Award und dem Innovationspreis der Buch Digitale.

tredition ist Mitglied im Börsenverein des Deutschen Buchhandels.

Dieses Werk elektronisch lesen

Dieses Werk ist Teil der Gutenberg-DE Edition DVD. Diese enthält das komplette Archiv des Projekt Gutenberg-DE. Die DVD ist im Internet erhältlich auf **http://gutenbergshop.abc.de**

Zeitfracht Medien GmbH
Ferdinand-Jühlke-Straße 7
99095 Erfurt, Deutschland
produktsicherheit@kolibri360.de